父の庭

大城貞俊

インパクト出版会

目次

今は亡き父母と兄へ。

そして敬愛する姉弟と家族へ捧げる。

父の庭

序章　父さんへの手紙

序の手紙

父さん……、お元気ですか。ぼくは父さんの亡くなった年を十年も越えてしまいました。驚くべきことです。余生だと言い聞かせながら、流刑地だとつぶやきながら、生き継ぐことを決意したのは二十代の半ばでした。今はもう古希を迎える年齢になってしまいました。驚かざるを得ません。学生時代の奇行や蛮行で父さんや母さんを心配させた不肖の息子は、いまだ生き継いでいるのです。

父さんが向こうへ逝ってしまったのは、定年退職を迎えてすぐでしたよね。第二の人生を母さんと一緒に楽しんでもらいたいと、だれもがそう思っている矢先でした。六十代の初めでしたから、まだ若く、ぼくらは無念の思いを禁じ得ませんでした。何よりも父さんや母さんに、その思いは大きかったことでしょう。

しかし、不遜な言い方を許してもらえれば、ぼくは父さんの死によって、ぼくの「命」を発見したのです。父さんが死をかけて、ぼくに教えてくれたことだと思っています。父さんの命が絶えるとき、ぼくは父さんの人生を発見したのです。初めて人間の命が、意味のあることのように思えたのです。かけがえのない命が尊く思えたのです。

人間はだれもが例外なく死んでいきます。それでも、だれもが必死に生きようとします。わが子のために、家族のために、自分のためにです。そんな弱い人間の命を発見したのです。ぼくはそれまで、社会だけでなく人間をも憎んでいたのですから。

ぼくが父さんや母さんの命を引き継いだのは一九四九年四月十七日でした。いわゆる戦後の団塊の世代として、ぼくはこの世に命を授けられたのです。

ぼくらの世代は団塊の世代であったがゆえに、既成の門を潜ることには、競争せざるを得ませんでした。みんなが狭き門を潜り希望を手に入れるには、膨らんだぼくらの世代には社会の門は狭すぎたのです。たとえ門を潜っても、手に入れた広場は窮屈で、過当な競争社会が待っていたのです。ぼくらは、やがて時代を憎み、政治を憎み、社会を憎み、人間を憎み、秩序を憎むようになりました。ぼくらにとって、最も関心のあることは自分自身でした。いかに生きるかが常に問われたのです。

ぼくも例外ではありませんでした。第一の関門を突破して大学生になったぼくは、すぐに挫折を余儀なくされました。政治の季節のただ中で、あるいは大人になる途次のなかで、ぼくはぼくの人生を見失ったのです。途方にくれ孤独な広場で彷徨ったのです。ぼくは、ポール・ニザンの『アデン・アラビア』の次のような詩句を手に入れて必死に自分自身を慰めていたのです。

「ぼくは二十歳だった。それが人の一生でいちばん美しい年齢だなどとはだれにも言わせまい。一歩足を踏み外せば、いっさいが若者を駄目にしてしまうのだ。恋愛も思想も、家族を失うことも、大人たちの仲間に入ることも。世の中でおのれがどんな役割を果たしているのかを知るのは辛いことだ……」

ぼくは、そんな詩句を諳《そら》んじて辛うじて大学を卒業しましたが、生き続けるためには「言葉」が必要でした。ぼくは無我夢中で詩の言葉を紡いだのです。もちろん、ぼくの言葉です。生きるバランスを取るための、他者への免罪符の言葉です。呪縛された自分を解き放そうともがいた怨念と闘い、自分自身を鼓舞する言葉です。しかし、なかなか、うまくいきませんでした。長く暗鬱な気分と死への誘惑と闘ったのです。

ぼくは、ぼくを悩ました免罪符の言葉や呪縛の言葉を、父さんの死によって解き放つことができたのです。他者を発見し､他者の人生を語る希望の言葉を手に入れることができたのです。ぼくにとってはコペルニクス的転換とも喩えるべき起死回生の瞬間でした。こうあらねばならないと夢を追い、己を基軸として回転する唯一の独楽に目眩《めまい》を覚えていたぼくは、「それでも地球は回っている」とした他者の言葉を手に入れたのです。他者を語る小説の言葉でした。

ぼくの苦しみや憎しみは、三蔵法師の手の平に乗せられた孫悟空の独尊的な言葉であることに気づいたのです。他者のいないぼくだけの言葉でした。ぼくの命は父さんの命を引き継いだものであり、家族と共に喜怒哀楽を有し、家族と共に闘い、この地球で生きていることに気づいたのです。ぼくは他者を発見し、生きる「勇気」を手に入れたのです……。

ぼくは父さんへ感謝の言葉を述べようとしただけなのに、なんだか思わぬ方向へ、ぼくの思いは向かっていくようです。狭き門を潜った広場で紡いだ言葉と同じように、今度は老境ともいうべき場所の言葉で、ぼくを語っているような気がします。ぼくは、ぼくの言葉に慎重になりたいと思います。

父さん……、ぼくは今、父さんが書き残した手記を読んでいます。闘病生活のつれづれを紛らわすために、ぼくが勧めたものでした。父さんは病に耐えて、ぼくの期待に応えようとしてくれました。やがて病に勝てず、筆が握れなくなるその日まで……。

ぼくにとってこの未完の手記は、何よりも大きなぼくの宝物です。読む度に新しい発見があります。

今回の発見も驚きでした。沖縄戦で戦死した兵士の遺品を、父さんは長野に住む遺族の元に届けたことがあったのですね。父さんの記事が、信濃毎日新聞で報道されていたことに全く気づきませんでした。その記事は縮小されて手記の最後の頁に貼り付けられていたので、見落としてしまったのです。

「戦死の状況、23年目に孫を失った松川町の山下さん—沖縄人の好意でわかる」とタイトルが付されています。本文を拡大して読むと次のように記載されています。(以下全文)

終戦前、沖縄で戦死した孫の当時の様子を知りたい—と下伊那松川町片桐、農業森下よしゑさん(七七)は、知人の飯田市小伝馬町、無職清水義穂さん(七〇)を通じて、昨秋伊那谷を訪れた沖縄の一中学校長に頼んでいたが、このほど清水さんあてに「沖縄の新聞紙上で報道してもらったところ、当時同じ部隊でたった一人しか生き残らなかった人が見つかり、詳しい状況がわかりました。戦死地など写真と共に、できれば遺品や遺骨の一部も送りたい……」とたよりがあった。孫が戦死してから二十三年、思わぬ知らせに森下さん一家は清水さんや沖縄の人たちの行為に感謝している。

森下さんの孫信一郎さん=松川町上片桐農業三郎さんの長男=は、昭和十九年末、陸軍見習い士官として沖縄防衛にあたっていたが、アメリカの飛行機に襲われて戦死した。間もなく遺族には「玉砕した」との公報があったが、くわしい戦死の状況はわからなかった。子どももなく孫の信一郎さんをわが子のようにかわいがっていた元教員の祖父二郎さん＝反戦教員で、同氏の日記「森下日記」は有名、昭和三十七年死亡＝は生前、孫はどのように死亡していったのだろうか——と気にかけていた。このことを、森下先生をしたい「森下日記を読む会」の世話人でもある清水さんは知っていた。たまたま昨年十月、飯田市立飯田東中学校へ本土派遣校長実務研修生として沖縄宜野座村宜野座中学校長大城貞賢氏が訪れ、神波東中学校長といっしょに「森下日記を読む会」の月例会に参加した。この席上　清水さんは沖縄に関係のある信一郎さんのことを話し、森下先生の妻よしゑさんの手紙と信一郎さんの写真をそえて「戦死の状況がわかったら知らせてほしい」と依頼した。

こころよく引き受けて沖縄に帰った大城校長は、日刊紙沖縄タイムスの一月十六日付け紙面によしゑさんから寄せられた手紙と写真を掲載してもらって読者の協力を求めた。この結果、間もなく当時信一郎さんの部下だった那覇市大道、商業前田政一さん（四四）が「わたしが森下見習い士官の戦死の様子を知っている」と名のり出たという。

大城校長から清水さんあての手紙には「山部隊三四八〇大隊千五百人中ただ一人の生存者前田さんによって森下さんの戦死状況がくわしくわかりました。前田さんの話しによると、戦死場所は島尻郡東風平村友寄。昭和十九年十二月、森下さんは部下二人と自動車の避難壕を建築中、米機グラマンの砲撃にあい、部下二人は即死、森下さんは重傷を負い、防空壕の野戦病院で手当中に息をひきとったそうです。防空壕の跡には記念碑が建立され、白井前総務長官も参拝しています。遺骨は「万魂之塔」に合祀《ごうし》されています。森下さんは腕時計に氏名を記入したのを持っていましたが、住所を記録していなかったので連絡できなかったそうです。森下さんが当時使用されていた腕時計は大事に保管されています。近日中に前田さんの案内で、壕内、戦死場所、万魂之塔の写真をとってお届けします。遺族の方々が沖縄に来る機会がありましたら連絡ください。万一不可能でしたら、飯ごうと塔に納められている遺骨の一部でも送ることができたらと思います……」とあり、戦死場所の詳細な地図が同封してあった。

父さんは、「昭和四十二年度文部省派遣の第三回沖縄研究教員として一九六七年九月二十七日から十一月三十日までの二か月間、長野県飯田市飯田東中学校で学校経営並びに教育一般についての研修に参加」していたのでしたよね。宜野座《ぎのざ》村立宜野座中学校長時代のことですが、ぼくはその年に高校を卒業して親元を離れて那覇での浪人生活を送っていたのでした。高校を卒業する際に自らの進路をも定めえず、大学受験をも断念した不甲斐ない日々を過ごしていたのです。

帰省することも、たまにはあったのでしょうが、父さんの二か月間の研修がどのようなものであったのか、もちろん当時のぼくには関心外のことでした。当時のぼくは受験浪人でしたが、太宰治に耽溺し、また日本近代文学の大家の作品を読み、顔写真などを懸命に模写して部屋中に貼り付け睨み合っていたのです。

父さんは、手記の中で自らを語るときには一段と抑制した文章で語っているので、これまであまり心に留めなかった最後の頁でした。森下よしゑさんのご主人森下二郎氏は、飯田市の著名な教育者であったようですね。「森下氏は反戦思想の持ち主で、戦時下においてもその思想は揺るぐことなく、昭和三十七年に逝去されるまでの五十年の間、尊虔な人柄は『伊那の聖者』と言われて、教育界はもちろん、多くの人々から思慕された」と紹介文があります。

父さんが「森下日記を読む会」に参加したことを誇らしく思います。父さんは、この経緯について、次のように記しています。

森下二郎さんの孫、森下信一郎さんが陸軍見習士官として昭和十九年末に沖縄防衛にあたっていたが、玉砕したと公報があっただけで、詳しい戦死の状況はわからないと遺族は嘆いておられると聞かされた。奇しき縁である。祖父の森下先生は、生前孫はどのように戦死していったのだろうかと気にかけておられた様子を聞き、感激が倍加し、沖縄の人としてなんとか力になりたいと思って、帰沖後、沖縄タイムスに写真と所属部隊名等を掲載して読者の協力を求めた。

その結果、幸いに信一郎さんの部下であった那覇市大道に住む前田政一さん（与那城村出身）が、わたしが森下見習士官の戦死の様子を知っていると名乗り出たので、早速前田氏の住宅までお伺いし、詳細な情報と遺留品等を見せてもらいました。長野県のご遺族に知らせ、遺留品の飯盒等をお届けできました。研修中の奇しき縁で当時の信濃毎日新聞に報道されたのでその切り抜きを掲載する。

父さんが亡くなって、四十三年余、ぼくはこの事実を、全く知らなかったのです。ごめんなさい、父さん……。父さんもまた誇るべきことなのに、このことを一度だって語ることはなかったのですから。

ぼくは今、古い詩集に収載した「父さんへの手紙」と、古い創作ノートに記した「父の庭」を読み返しています。いずれも今から三〇年余も前に記したものです。そこには、父さんの死から十年ほどの歳月が経過したころのぼくがいます。ぼくはその地点から、いまだ遠い所まで来てはいないようです。文章の簡潔さも、生きることへの潔さも、まだまだ父さんには及びません。でも、ぼくにも父さんの遺伝子が引き継がれていることを想像して、ひそかに喜んでいるのです。

古希を迎える年齢に達したぼくにも、父さんや母さんの所へ逝く日は、もうすぐやって来るような気がします。しかし、不安や恐怖は全くありません。むしろ父さんや母さん、そして死んだ兄さんにも会えるかも知れないと思うと、嬉しくもあり期待感もあるのです。また、パラオで幼いままに死んでしまった賢一兄さんにも会えるのではないかと思うと、ひそかな楽しみさえ覚えるのです。

今回、少しの修正を加えて、当時記した「父の庭」「母の庭」「息子の庭」を遺すことにしました。このことは、ぼく自身の青春を埋葬する意味でも、とても意義のある行為になるものと思います。あるいはあの世へ旅立つ断捨離的行為の一つのような気もするのです。このことによって唯一の心残りだった父さんや母さんへの感謝の思いを伝え、振り返ることができるのですから。そしてこれこそが、ぼくが表現者として、また不肖の息子として、最も書きたかったことのような気がするのです。言葉を代えて言えば、ぼくが発見し、ぼくが信じてきた家族の力へ、感謝の思いを伝えるぼくの遺書とでも呼べるかもしれません。

もちろん、悲しまないでください。ぼくは充分に幸せな人生を送ってきたのですから。このことを証明する遺書でもあるのですから。

ぼくは、父さんや母さんの子どもとして生まれたことに大きな幸せを感じています。そして、二人の娘を育て、さらに今、二人の孫に恵まれたぼくの、じいじとしての歳月には多くの幸せがあるのですから。

三十年も前の「Ｉの手紙」から始めます。

言葉は不思議ですね。今のぼくを、過去のぼくが語れるのですから。

Ｉの手紙

父さん、そちらの方はどうですか……。こちらでは、数日前から寒い風が吹き始めています。昨晩は突風が吹き荒れました。今は二月です。突然の嵐です。ぼくには、二月にこんな強い風が、それも一晩だけ突然吹くのを体験したのは初めてのことのような気がします。屋根の上の断熱防水のために施工した発泡スチロールが吹き飛んでしまいました。

断熱防水の施工は、十年程前に業者に頼んで六十万円ほどでやってもらっていましたが、昨夏の台風で半分ほどがもぎ取られていました。その残りがまたもや、めくれ飛んだのです。応急処置をしておけばよかったと後悔しています。その晩は、さらにもう一つ、ショックなことが重なりました。やはり、このことと関係のあることです。

実は、昨夏の台風で吹き飛ばされたその破片が、隣家の車を傷つけてしまっていたのです。台風が通り過ぎた朝、起きてみると我が家の庭にはもちろん、隣の庭にもいっぱいに吹き飛んだ発泡スチロールの破片が散らかっていました。慌てて散らかっている破片を拾い集めました。その時、我が家の庭に駐車してある自家用車の屋根や側面にもその破片が当たり、傷ついていることに気づきました。でもそれ程大きな傷ではありません。小さく擦った程度です。気になって隣家の自家用車も覗いてみました。やはり数箇所そのような傷が有りました。ぼくは、ぼくの車と同様それほど気にもせずにそのままにしていました。もう半年程も前のことです。

ところが昨晩、遅く帰ってきたぼくは、家内にその時のぼくの態度、それ以来隣家にとっているぼくの態度を強い口調でなじられたのです。「あなたは、常識というものを全く知らない」と……。つまり、家内は、車を傷つけてしまったことをひどく済まなく思い、弁償するのが当然であったというのです。もちろん、今からでも遅くないと……。たいしたことではない、と思っていたぼくの感覚を批難されたのです。返す言葉がありませんでした。

ぼくは、家内に言われて初めて隣家の車は塗装をしたということを知りました。家内は、隣の奥さんに車の塗装代を弁償したいと申し出たそうです。しかし、奥さんは、「たいしたことはないのでいいですよ」と笑って答えたそうです。でも、家内は、今もそのことが気になってしかたがないというのです。その時、ぼくにも塗装が必要な傷だと判断ができれば、弁償を申し出たでしょう。そう言うと、家内は、そのような判断は二義的なものであり、またそのような判断をしようとしているぼく自身の態度をなじるのです。やはり返すべき言葉がありませんでした。ひどくこのことが、ぼくを苛みます。

でもぼくは、相変わらず隣家に対して何もできません。昨晩の嵐で庭に落ちた破片は二枚、そして、そのすべてが幸いにも我が家の庭内であったことを、ひそかに喜んでいるだけです。

父さん、ごめんなさい。つまらない話をしてしまいました。こんな話など、するつもりはなかったのに、どうしたことでしょう。ぼくには、父さんへ語るべきことがたくさんあったような気がしたのに……。父さんを退屈させてしまいましたね。でも、時々ぼくには、このようなことが、窒息させられるほどに息苦しく感じられ、とてつもなく辛くなるのです。

IIの手紙

父さん、お元気ですか……。やはりこう書いてしまいます。父さんは、もう死んでしまっているのに、不思議ですね。

ここ数日、父さんのことが頻《しき》りに思い出されます。昨年の暮れ、やっとの思いで十三年忌を済ませましたが、父さんには分かりましたか。二年遅れの十三年忌でした。ほんとうにやっとのことだったのです。母さんが、十三年忌の法要をすることに、考えられないほどの強い抵抗を示したのです。ひと月遅らせ、ふた月遅らせ、一年遅らせ……、そしてとうとう二年近くも遅らせてしまいました。母さんは、ひょっとして十三年忌を済ましてしまうと、父さんがさらに遠いところへ逝ってしまうようで寂しかったのではないかと思います。それが分かっていただけに、ぼくたちにも無理が言えず、母さんの言うがままに二年遅らせてしまったのです。

今回も、母さんはいろいろと口実を並べて延期をするように頑固に言い張りました。ぼくも母さんと激しく言い争いました。でも、母さんを最後まで説得できませんでした。

ところが、どうでしょう。法要を終えてしまうと、母さんは、自分が反対したことなど、すっかり忘れて、実にあっけらかんとしているのです。本当に母さんの本心はどこにあるのか、見えずに困ってしまうことが度々あります。

そんな母さんも、もうすぐ七十七歳になります。母さんの古稀の祝いも数年前に済みました。父さんが亡くなったのは、還暦を過ぎて二年後でしたね。還暦の祝いもせずじまいでした。まさか、ぼくらはだれもが、父さんが不治の病を背負っているなんて思ってもいませんでした。父さんは入院してからもずっと元気に振る舞っていたのでしたから……。

昭和五十二年の大晦日、正確には昭和五十三年一月一日午前二時三〇分……。ぼくと兄は、医者の指示で父さんのベッドに登り、呼吸と心臓の止まる瞬間に立ち会い、父さんを逝《い》かせまいとして、父さんの胸を必死で叩いたあの行為を思い出します。涙が今でもあふれてくる緊張の瞬間が甦ってきます。

父さんが亡くなってから、不思議なもので、ぼくには死が身近になりました。死は恐れるものではなくなったのです。死は彼方にあるのではなく、こちらの側の日常の中にあることを知ったのです。身近すぎて、ぼくにはもう最後の「切り札」には使えなくなったのです。ぼくの青春に終わりがあるとすれば、そのような思いを手にいれることができたあの緊張した日々をさすのでしょう。

だれにもそうなのかもしれませんが、ぼくにも辛くて苦しい青春時代がありました。死ぬことばかり考えている一日もありました。死を決行する日を決め、一日一日を数えて生きている日々もありました。「加害者」としての自分の存在がひどく気になったのです。他者に、あるいは社会のシステムに、あるいは世界の奢りに「加害者」として関係している自己の存在が耐えられなかったのです。インドに伝わるという「ジャイナ教」を発見してその魅力に取り憑かれたこともあります。貧しく傲慢な青春だったのです。

しかし、皆と同じほどに、ぼくは真剣でした。ぼくらの周りには死ぬ理由はゴマンとあったのですから。かろうじてぼくに、最後の一歩を踏み出すことを躊躇させたのは、死の恐怖ではありません。生への未練でもありません。父さんや母さん、そして家族皆の温かさだったのです。家族と一緒に過ごした記憶が、ぼくを此岸に踏み止まらせたのです。そんな家族を持てて、ぼくは本当に幸福でした。父さんや母さんのおかげです。

父さん、そちらの方は寒くはないですか。寂しくはないですか。父さんの骨をふるさとの門中墓に納骨するとき、墓内で骨壷からこぼさねばならないことを知りました。ぼくと兄は、骨壷に入れたままにして墓内に置かせてもらいたいと、伯父伯母に申し出ました。いずれは家族だけの墓を造り、そこに移したいとも思ったからです。骨をこぼすのは墓内の限られたスペースの問題だと思ったのです。しかし、即座に諭されました。骨をこれまでに死んだ人たちの骨の上にこぼすのは、その人たちとあの世で一緒に交わらせるためなのだ、と。父さんを寂しくさせていいのかと……。

たくさんの理由の中で、このことが一番にこたえました。ぼくには理解できない世界でした。しかし、父さんの骨を、墓内で皆の骨の上にこぼした時、これでよかったのだと思いました。父さんは、父さんの両親や、パラオで亡くした息子の賢一兄さんを抱くように、サラサラ、サラサラと、音立ててこぼれていきました。ああ、これで皆と一緒になれるんだな、と思いました。

ぼくと兄を諭《さと》した一番上の伯父も、父さんの死を嘆きながら翌年、父さんの後を追うようにして亡くなりました。つづいて三番目の伯父も亡くなりました。息子のいない一番上の伯父の骨は、ぼくが墓内に入って、父さんの骨の上にこぼしました。一握りの乾いた卵の殻のようになった骨は、サラサラ、サラサラと、やはり音立てて小さく山を造り、父さんの骨の上に滑るように重なっていきました。

父さん、ぼくもまた、いつの日か、そのような一握りの骨になって、サラサラ、サラサラと骨の山を造るのです。その日が来るのを、今はひそかな楽しみにさえしているのです。何の恐れもありません。骨になるのに、ぼくには、もう何の決意もいらないのですから。

Ⅲの手紙

父さん、ぼくも二人の娘の父親になりました。父さんには、いろいろと心配をかけました。二人の弟も結婚しました。姉、兄、そして弟家族と皆が所帯を持ち独立しました。

父さんは、六人の子どもたち皆を大学に進学させることが夢だと、時折漏らしていましたが、まがりなりにも皆が父さんの夢を果たすことができました。父さんの夢は、ぼくたちにとっても大きな励みになる有難い夢だったのです。

娘が、「オトータン」と、最初に言葉を発した時は感激しました。風呂に入っているぼくを待ち、ドアの前に座り込んで、盛んに「オトータン」「オトータン」と呼んでいたのです。ソクラテスではありませんが、思わずドアを開け裸のままで娘を抱き上げました。「言葉」が、自らの存在を示すサインであると同時に、親子や人間の関係を優しい思いやりで結ぶ重要な手段であることを、鮮やかに了解できた一瞬でした。

二人の子どもは元気です。親類や教え子たちの結婚式に招待されると、早くも娘が成長した時の花嫁姿を思い出し、つい涙ぐんでしまいます。上の娘は七歳、下の娘は、まだ三歳になったばかりだというのに、これまでのこと、これからのことを考えると万感胸に迫るものがあるのです。この子たちの成長を、途中から見ることができなくなるとしたら、どんなにか無念なことだろうと思います。この子たちの笑顔を見ていると、この子たちより先に死んでしまう生物の法則を激しく呪いたくさえなります。そしてまた、病に斃れた父さんの無念さもひしひしと伝わってきます。本当に父さんには、一目見てもらいたかった……。

二月も末です。わが家の庭の桜も咲き終わりました。雨が何日もぐずついて降り続いています。もうすぐ三月、卒業式の季節です。ぼくの大学での卒業式は、父さんと二人だけでしたね。首里のキャンパスで撮った記念写真があります。確か、父さんが写真を撮ろうと言ったのでしたよね。キャンパスで待ち構えている写真屋さんへお願いしたものでした。ぼくも父さんもよれよれのコートを羽織っています。いかめしい顔をしていますが、ぼくは何を怒っていたのでしょうね。しかし、父さんだってぼくに負けずに苦虫を噛み潰したような顔になっていますよ。今では、この写真が父さんと一緒に写した最後の写真になりました。まさか父さんは、死を予感していたのでは……。

娘たちは、どんどん成長していきます。いつかぼくのように（たぶん父さんだってそうだったでしょう）、辛い青春の中で「死」を考えることがやって来るかもしれません。その時は父さんがぼくに残してくれたように、ぼくも子どもたちに死を踏み止まらせる幸福な家庭を作りたいと思います。ぼくにとって、このことが今一番大切なことのような気がします。そして、それが、ぼくが父さんから学んだたくさんのことの中でも、娘たちにも伝えておきたい最も重要なことの一つであるように思われるのです。

Ⅳの手紙

父さん……。時々、母さんの所へ行き、父さんの前で焼香をして手を合せることがあります。仏壇に飾られた父さんの遺影を見るのが辛くなることがあります。母さんに辛く当たっている自分の態度を、どこかで恥じ入っているのです。父さんの遺影は、少し頭を傾《かし》げ、しかめっ面をしています。よく見ると、眼鏡《めがね》は左側が少しずり落ちているようにも見えます。そんな父さんは、笑いかけているようにも見えますが、怒っているようにも見えます。

実際、母さんは、父さんが亡くなってからまるで人が変わりました。四六時中、気を張りつめ、妥協することがなくなりました。その最大の原因は、父さんの分まで頑張らなければいけないという気負いと、父さんの築いてきた、たとえば他者からの信頼を、これからも自分の手で守り通していきたいという過剰なまでの意欲です。母さんは、このことのためにすべてを犠牲にすることをぼくたちにも強いたのです。もちろんぼくたちも母さんの意志を尊重し協力しました。しかし、ぼくたちには、だんだんとこのことが負担になっていったのです。

母さんは、父さんと結婚してから、ずっと家庭内に閉じこもった専業主婦でしたよね。舅や姑とも暮らすことのなかった誇り高い首里士族の末裔で、いつまでもお嬢さんだったのです。父さんにすべてを任せておけばよかった「外」のことが、いきおい自分でやらなければならなくなったったのです。そして、家には……、だれもいませんでした。銀行での金銭の出し入れはもちろん、市役所からくる上下水道の使用通知に怯え、電話料金を支払うことさえ母さんには初めての体験だったのです。

母さんは、押し寄せてくる不安と必死に闘ったと思います。そんな中で、父さんが亡くなった半年後には、兄が長期の闘病生活を余儀なくされる病に倒れました。一時は、命も危ぶまれるほどでした。それを最初に、次々と大きな試練の波が、私たち兄弟姉妹家族を襲ったのです。それは、私たち六人の兄弟姉妹家族のすべてと関わりのある波でした。父さんには、きっと見えていただろうと思います。母さんはその苦労を全身で背負ったのです……。

母さんは、やはりそんな中でも死んだ父さんのことを第一に考えたように思います。世間体を気にした古い人間です。それゆえに母さんには、息子や娘たちの些細な失態さえ許せなかったのだと思います。そして、裏切られたという思いが強かったのだろうと思います。

母さんは、神経をさえ一時期病んでしまいました。認知症と診断され、息子や嫁たちに殺されると親戚中に触れ回っていたこともありました。トイレの壁を汚物で汚れた手でぬぐい、さらに粗相をすることさえ度々ありました。母さんが、自ら汚した畳の上をそっとふいている姿を見た時は、涙を堪《こら》えることができませんでした。もちろん、今は精神の安定を取り戻しています。粗相をすることもありません。精神的な動揺が、いかに大きく肉体の各器官まで影響を与えるかを、ぼく自身も手にとるように理解することができました。

母さんは、今もずっと父さんと共に生きています。そのためのあらゆる努力を惜しみません。相変わらず、母さんの世界は父さん中心で動いています。私たちや孫への過剰な愛情も、他者への過剰な気配りも変っていません。そしてこのことを、「金」や物品に換えて与える病的とも思えるほどの麻痺した金銭感覚も未だ治ってはおりません。

このような母さんも、もうすぐ八十歳になります。寂しさを振り払うように懸命になっている姿に、やっとぼくたちも自分の老いた姿を重ねることができるようになりました。なんとかなるだろうと思います。父さんに恥じないように頑張ります。

Vの手紙

父さん、これを最後の手紙にしたいと思います。女々しいことばかり書いてきたようで、少し我ながら自分が嫌になりました。泣き出したくなるようなことが、こんなにもあるのかという驚きでいっぱいです。このようなことに取り巻かれて人は生きているのだなと思うと、他人と接する優しさをもっと学ばなければいけないという気もします。

生前に、ぼくが父さんに手紙を書いたことが一度だけありましたが、覚えていますか。高校を卒業する年でした。進路のことで悩み、結論が出せないままにもう一年、時間を下さいとお願いしました。父さんに面と向かってこのことを言うのが辛くて、自分の思いを文章にしたのでした。手紙はその時以来ですから、二十四、五年ぶりということになります。あの時も、父さんはぼくの我が儘を許してくれました。今度もまた、我が儘な手紙になってしまいましたが許してください。これでもシャキッとした手紙を書くつもりだったのです。

父さんの三年忌には、父さんの遺稿集を出版しました。母さんに題字を書いてもらい、『夫の歩んだ道』としました。弔問客に香典返しにと差し上げましたが、とても喜んでもらいました。父さんの闘病生活の合間に、退職後の無聊を慰めるためにと、ぼくが勧めたものでしたが、母さんと二人で遺品を整理していると原稿がきちんと整理されていたので冊子にすることを思いついたのです。

ぼくには、父さんが戦前に南洋諸島のパラオに渡り、教師生活の途中で徴兵され、九死に一生を得てパラオを離れて行く時の描写がとても心に残りました。パラオで若き日の夢を追い、一人の幼いわが子を失った悲しみを抱きながらも、島人と自然への温かい目配りの感じられる文章は、美しくさえ思われます。たぶんここには、戦後四十年余を経た距離から眺めて書く父さんの複雑な思いも投影されているだろうと思います。それにしても記憶の鮮やかさと抑制の利いた文章は魅力的です。引用してみます。


この日パラオは稀に見る好天気だった。見上げる大空には雲一つない快晴、椰子の葉が微風を受けてそよいでいる。海岸の紅樹林（マングローブ林）の線は美しい。アイライの山、アルミズ港の水、すべてが静かになにごともなかったかのように悠久に続くコロールの自然の美しさを讃えていた。私たちは今思い出の多いパラオ諸島、コロール島を離れようとしている。島を守るために屍をさらしても悔いないと誓った身で、いま去れば何時また来ることができるか、こうして過去の数々の思い出が走馬灯のように、私の脳裏を去来して万感胸にあふれる。

在留日本人、特に沖縄人最後の引き揚げだというので現地民も早くから波止場に集まって別れを惜しんでいる。この人たちの中には、公学校で教えた子どもたちの顔も多数見えた。引き揚げていく沖縄人の間には、現地人の妻や最愛の子まで残さなければならない者もいる。最後まで沖縄帰還を拒否し、現地人妻と子どもに見守られて生涯を閉じた者、生きて相会する時をも知らずに南北に遠く離れて行く人々、ああさらばコロールの島よ、パラオの椰子林よ、今この目にうつるすべてのものよ。私は振り返り振り返り心を込めて彼等島民の上に幸多かれと祈った。

輸送船はアルミズの埠頭を離れた。島民の間から何時のまにか蛍の光の歌声が聞こえてきた。声は、次第に大きくなり、しかもその声は涙声に変っていった。引揚船は、静かに環礁の外へ出た。コロール公学校で教えた子どもたちの顔と名前が次々と浮んで何時までも忘れられない。テーク、オムテロウ、サムエル……。

父さんはどのような思いで、自らの六十三年の生涯を閉じたのでしょうか。ぼくは、すべてを父さんのことから始めなければならないのかもしれません……。

父さん、ぼくは、もう手紙を書きません。もし書くことがあるとすれば、その時は、父さんの年齢まで生きた時です。その時まで、父さん、さようなら。

第1章　父の庭

1

「父さんが、嫉妬しているんだよ。きっとそうなんだよ」

母は病院を出ると、すぐに私に向かってそう言った。そして快活そうに大きな声で笑った。

私もつられて、つい笑ってしまった。

それにしても、父のことをそんなふうに思うことができるようになった母に驚くと同時に、なんだか緊張していた気分が一気に吹き飛んで馬鹿らしくさえなった。

母は、そんな私の心の変化には気づかない。目の前を元気よく歩く母の後ろ姿は、肩が大きく揺れ、一気に四、五歳も若返ったように思える。

街路樹のホルトノキがさわさわと秋の風に爽やかな音を立てている。新緑が残暑の太陽にきらきらと輝いてまぶしい。

父が死んでからもう四年余になる。母はその間、ほとんど笑うことがなかった。父の名誉を守るために、すべての出来事に敏感に反応して気を張りつめて生きてきたと言っていい。父のことが不名誉になるような出来事であれば、たとえ息子の私たちにも容赦をしなかった。いつでも死者である父と共に生活していた。

そんな母が、少し、はしゃぎ過ぎるのではないかと思われるほどに、最近は、にこやかな微笑《ほほえ》みを見せるようになった。母にとって幸せな出来事が、今年に入って一遍にどっとやって来たのだ。

例えば、薬剤師である兄の経営する薬局が、軌道に乗って支店を持つことができるほどになったこと。その兄に三番目の子が誕生したこと。私のすぐ下の弟が、東京での生活を終え、沖縄に戻ってきて、去る四月より県立学校へ教員としての採用が決まったこと。末弟が今春大学を卒業して教員一年目の生活を送っているが頗る評判がいいこと。また私の第一詩集への書評が新聞に載ったこと。さらに、次姉の息子が県を代表して九州の駅伝大会へ派遣されたこと、など、まだまだ数え上げたらきりがない。

もちろん、私たちにとっては、それぞれに意義があることではあるが、はしゃぎまわるほどの出来事ではない。しかし、母にとっては、四人の息子、二人の娘、そして孫たちの周辺で起こっている出来事は、何もかもが嬉しくて仕様がないことであったのだろう。長く悲しみに耐えてきたがゆえに、何もかもを嬉しく思いたいと、母自身がそのような努力をしていたのかもしれない。

そんな母が、九月末からの秋の運動会シーズンに、孫たちへの声援を送るために飛び回ったのも無理はない。勢い余って私の勤めているN高校の運動会にも、私の妻をせきたて、私の娘の手を引いて朝早くから来賓席へ陣取った。そこまではよかったのだが、途中、私の三歳の娘にせがまれてアイスクリームを買いに校門前にできた俄作りの出店へ行ったのが悪かった。その店の前でエイサー演技の始まる三線と太鼓の音を聞いて慌てて戻ってくる途中、路面より一段高くなった花壇を飛び越える無茶をやり、したたかに転《ころ》んで顔面を打った。

「おばあちゃん、危《あぶ》ないから、ちゃんとした道を歩こうよ」

私の娘の、そのような声にも耳を貸さずに、エイサー好きの母は、六十四歳の老体を花壇の煉瓦にしたたかに打ちつけたのだ。正確には打ちつけたらしいとしか言えない。母はその状況を話したがらないのだ。

席へ戻ってきた母は、やにわにバッグからパックを取り出して、盛んに目の周りを押さえているので、まさか化粧直しでもあるまいと思って、私の妻が冷やかしながら尋ねると、傍らに立っていた娘が説明してくれたようだ。

「おばあちゃんね、転《ころ》んじゃったの」

母は、さすがにバツが悪そうな微笑を浮かべながら、妻にではなく、孫の明子に向かって話しかける。

「おばあちゃんが悪かったね。ごめんね。明子ちゃんが危ないよって教えてくれたのにね」

母は転んで機嫌が悪くなったのではなく、むしろ上機嫌になったようにさえ思われた。

私も休憩時間に立ち寄ってこのことを聞き、母の顔を注意深く見たが、たいしたことはないだろう、ほんの擦り傷程度だろうと気にもせずに、その時は済ませていた。

翌日、私の学校は振替休日であったので、私の住む嘉数《かかず》から自家用車で十分ほどの距離にある茶山団地の母の元を訪ねてみた。母は末弟と二人で、父が退職前に購入したその団地に住んでいた。私も大学時代の後半と結婚までの約四年近くをその家で過ごした。

私の結婚後も、父や母は、しきりに私たち夫婦にこの家を増築するか改築するかして一緒に住もうと好意を寄せて勧めてくれていた。また、この屋敷内に、新たにもう一軒家を建てることもできるだろうとも言ってくれた。実際、屋敷内はそれほどの広さがあったのだが、私は兄をさしおいて父や母と共に住むことに、なぜかためらいがあった。それ以上に私には、まだ老いた父や母の寂しさに充分に気づくことができなかったと言っていいだろう。結婚したとはいえ、私はまだ私自身の世界にいた。結婚当初は妻にも別居を強いて、単身本島北部に在るH高校へ赴任したのである。

一日経過しただけで、母の顔面は妻が気にしていた以上にひどくなっていた。ぶっつけた右目の周りは赤黒く腫れ上がり、その分、目が落ち窪んで見える。いかにも恐ろしい形相になり、まるで四谷怪談のお岩さんみたいだ。一瞬これが母の顔かと気味悪くなった。

どうやら母もこのことを気にしていたらしく、一人玄関に鍵を掛け、客が来ても居留守を使って部屋に閉じこもっていたようだ。病院へ行くために医療保険手帳を探したのだが見つからなくて、どうしたらいいものか困っていたという。そこへ私が訪ねてきたというわけだ。

母は私の来たことを喜び、いつものように食べ物を暖め、お茶を出し、冷蔵庫を開けて、口に入れることができるものは手当たり次第私の目の前に並べた。そしてもう自分の目のことは忘れて食事の進まぬ私の気持ちや都合などお構いなしに、私の辟易した態度さえ見て見ぬ振りをして、強引に食べ物を押し付けてくる。母にとって私はいつまでも子どもで、いつでもひもじい思いをしているとでも映っているのだろうか。

保険手帳のことはさておいて、とにもかくにもすぐに近くの病院へ行き診てもらうことにして母に支度をしてもらう。母は不思議にも素直に私の言葉に従った。そして、テーブルいっぱいに広げた食べ物を、愚痴ることもなくさっと片付ける。その素早さには、いつも感心させられる。

医者は、母を診て、傍らで心配そうに立つ私を意識しながら、母に向かって言う。

「たいしたことはないですよ。一週間もすれば、腫れは完全に治ります。頭を打ったのではないかと心配なら、レントゲンも撮りましょうか」

母は転んだ時の状況を医者にさえ話したがらないので、私は取りあえずレントゲンをも撮ってもらうことにする。結果は全く異常なし。ホッとする。

母にこのことを告げる。母もホッとしたのだろうが、同時に自分の失敗がいかにも照れ臭いのだろう。いっときも早く病院を出たいといわんばかりに、そわそわと落ち着かなくなって、薬の出るのを待ちかね、出口の方を向き、半分腰を浮かしてソファーに座っている。名前を呼ばれて、私が代わりに薬を受け取って後を振り返ると、母は、もう玄関のドアに手を掛けていた。

母の陽気さは、車に乗っても続いた。

「父さんは、私が余りにいいことが続いて喜んでいるんで、嫉妬して私を転ばしたんだよ。間違いないよ。そう思わないねえ？」

私は、一瞬あっけにとられて思わずうなずいた。

「そうだね、きっと、そうだね」

母は、私の学校で、私の娘のおねだりを聞いて転んだことに、私が気を病んでいるのではないかと気遣い、私の責任ではないのだという母特有のしゃれっ気なのだろうか。

いずれにしろ、父のことをこんなふうに楽しく語ることは、父が亡くなってから初めてのことではないかと、私もたまらなく嬉しくなっていた。

母が父に嫁いだのは、昭和十一年の秋、十九歳になったばかりのころだ。母は沖縄本島北部の大宜味《おおぎみ》村《そん》大兼久に生まれ、その歳までそこで育った。そのころの母と同世代の娘たちは、多くは村を出て本土へ渡り、九州や関西地区を中心とする紡績工場へ働きに行ったという。

しかし、母は村へ居残り、頼まれて村の共同売店の売り子をした。

「私はね、学校での成績が良くて優等生だったから、村の人たちに認められたんだよ。区長さんは、共同売店の仕事を、会計をも含めて一切任せてくれたんだよ」

母は、かつてそのように自慢気に話していたことがある。母は、二年ほどそこで働くのだが、私たちにとってもそのようなことが、やがて青春時代の誇り高い思い出となる日が来るのだろうか。

そして母のもう一つの自慢は、自分が士族の出ということだ。士族といっても、首里王府の某士族が、供の者を従えての地方行脚の際、数週間、村に滞在した。その時に見染められた女性が母の祖母、いわゆる私の曹祖母だ。

その行脚には、どのような目的があったのかは詳しくは知らないが、一行は役目を終えると首里へ戻っていった。曹祖母と首里へ戻って行くその士族との間にも、悲しい別れがあったのだろうか。残された曹祖母は間もなく男の子を出産した。母の父である。

曹祖母は生まれて数か月の幼子を抱いて、はるばると数十里の道を歩いて首里へ面会を求めて出かけて行ったが取り次いでもくれなかったという。門前払いである。泣きながら再びこの郷里へ帰る母子の心境はいかばかりであっただろう。しかし、幸か不幸かその某士族と首里の本妻との間にできた男の子は一人もなく、母の父一人のみであったという。

やがて時代は流れ、母の父も結婚をし、母も生まれたころ、放蕩三昧をして財産をすべて食い潰し、時代の流れに負け、身一つになって落ちぶれた曾祖父は、身を寄せるようにして母の父を頼ってこの村までやって来たという。働くことを知らないよぼよぼの老人を、曹祖母も、祖父も嫌な顔一つ見せずに出迎えて世話をしたという。かって首里王府の使いとして中国へも渡ったという白髪の老人は、朝夕ほうきを持って庭の枯れ葉を集める以外はすることもなく、できることもなかったが、丁重に遇されてこの村で一生を終えたという。

母は、自分はその士族の末裔であるという。母のみならず、母の八人の兄弟姉妹は全員がこのことに誇りを持っていて、少しも臆するところがない。言われてみれば不思議なもので、全員が目鼻立ちが際立ち、どことなく士族の風格としぐさを備えているようにも見える。当時、学校から渡される母たちの通信簿には身分を書く欄があり、そこには、はっきりと士族と記載されたという。

母も、自ら浮かれて言うとおり村一番の美少女であったかもしれない。その美少女を父が見染めたのである。父の家は、代々農家でその農家のさらに末息子である父が、母と結婚した。父は一時期村の青年たちの羨望の的であったという。

「貞賢《ていけん》が、カマルートゥジスルムヌンヤレー（カマルーを嫁にすることができるのならば）、ワンガンナイタルムヌ（俺が嫁にすることもできたのになあ）」

カマルーとは母の幼名だ。再び母の言葉を借りて言えば、村の青年たちは、そんなふうに言って地団太を踏んで悔しがったという。

この話がどれだけ信憑性のあるものなのかは、いささか疑問も残るが、父もさぞかし有頂天になったことだろう。父は酔うと、時折卑猥な言葉を吐いて笑っていた。

「農民が士族の上に乗った」と……。

しかし、父にも、夢も人生の目算もあったのだろう。学問に励み努力し、やがては教育者として身を立てていくことになる。

父は、当時嘉手納に在った沖縄県立農林学校を、祖父に無理を言って入学する。卒業後は首里に在った県立の農業試験場で技師として勤めた後、教師としての道を歩み出す。途中、戦前の数年間は教職を離れ、南洋諸島に渡っていた実兄の招きで、母と私の姉になるまだ幼い二人の娘を引き連れてパラオ諸島へ渡る。国家から派遣された農業改良技師のはずが、やがて教職の経験を買われて現地で公学校の教師として採用される。教鞭を執っている途中、兵隊に駆り出され終戦を迎える。

母と父は、現地で生まれた一人の息子を失った悲しみを抱え、二人の娘と、そしてそこで生まれたばかりのもう一人の息子、私の兄と共に郷里の沖縄に引き揚げてくる。

父は、郷里の学校で再び教職に就く。終戦後の食料難の時代に安い給料の教職を見限った人は多かったというが、父には、なんらかの決意があったのかもしれない。母と共に他人の土地を借り受けて田を耕し、あるいは未開の土地を借り受けて開墾し、畑にして芋を植え、飢えを凌いだという。

教員の父にとって、また農家の息子といっても一番末っ子で自分の土地もない父や母の生活は辛く苦しいものであったという。

母は母で、さらに養豚や養鶏をし、父の薄給を補い生計を助けるために人一倍働き続ける。朝早く起きて大豆を挽き豆腐を作り、父と共に豆腐桶を担いで村中を売り歩く。これほどまでに働かなければならないのかと、村の人々へ憐れがられたこともあったという。

母は、激しい労働に慣れぬ手付きで父についていったというが、時々は父の癇癪が母の上に落ちる。母は、田を巧く耕すことができなくて父に怒鳴られ、山奥にある田の畔にしゃがんで一人泣いたこともあったという。

しかし、そんな辛い時期の思い出を話す時、母は、そして父もそうであったが、とても柔和な目をして楽しそうに語る。父は、母に怒りをぶつけることはあっても、どんなときでも一度も手を出したことはないと言った。母もまた、父を信じて生きてきたのだろう。

私たちは、そんな父や母を誇りに思っていた。豆腐の入った桶を担いだ時に、決して後の方を母に譲らなかったという父。しかし立ち上がると、母の方ではなく、父の方がいつも下がっていたと、伯父や伯母は笑って母と同じほどの背丈の父を冷やかしていた。私たち六人の子どもたちにとっては、優しすぎるほどの父と母だった。

二人の姉は大学を出て二人共教職に就いたが、長姉はやがて結婚をして職場を離れた。兄は薬剤師になり、私は教員になった。二人の弟もやがて教員になった。

父は酔うと私たちを前にして、私たち六人の子どもを全部大学へやり卒業させたことを自慢にして私たちを激励した。母は傍らで、微笑んで父の言にうなずき、いつも大きく私たちを包み込んでいた。

2

母の必死の看病も空しく父が逝ったのは、昭和五十三年一月一日午前二時三〇分である。死の発作はその二日前から間欠的にやって来ていた。大晦日の晩は、父の死を見守る緊迫した闘いになったが病魔には勝てなかった。母にとっても、私たちにとっても、父の存在は大きかっただけに、無念の思いを禁ずることはできなかった。

父の病名は、「右坐骨骨腫瘍」と呼ばれる一種の癌であった。死の間際には、この悪性の腫瘍は父の身体のいたるところに転移して頑強な父の身体を蝕んでいた。父は還暦を過ぎるとすぐにこの病魔との闘いに入ったといってよいだろう。勧奨退職で永年勤めた教職を終えて第二の人生を楽しく過ごすのだと張り切っていた。喜び勇んでまずは身体の総点検だといって退職直前に人間ドックに入った。その時、皮肉にもその病に冒されていることが分かったのである。

それから三年の間に、父は三度入退院を繰り返した。三度めの入院を、昭和五十二年夏の終わりに迎えた時には、もう二度と退院することはできなかった。決して自分の病いを認めようとしなかった父が、その夏は自分から進んで入院を申し出た。頑固な父を、母はいたわりながら必死になって看病した。

そのころ、私たち兄弟は、父や母の元を離れてそれぞれに自立し、あるいは遠隔の地で生活をしていた。私はといえば、琉球大学を卒業して三年目にあたり、遠い北部のH高校へ単身赴任して二年目になっていた。

私は、まだ私自身の青春を終えていなかった。生活者としての自分にまだ自信が持てなかったと言えばいいのだろうか。一九六〇年代末から七〇年代初頭にかけての暗く頽廃した学園生活の匂いは、まだ色濃く付きまとい、私を苛んでいた。私はそれを振り払う術を探すのに懸命であった。私はまだ私自身のみを見ていたのだ。

私は既に結婚していたが、妻の仕事を辞めさせてまで、私の赴任地に一緒に行くことはできなかった。いつ、死への誘惑に駆られ、彼岸へ身を投げ出すか不安であり、妻が生活のすべてを私自身に委ねることには耐えられないほどの懸念や怖れがあった。

妻は、わずか三か月余の新婚の同居生活に不満を漏らし、私の赴任地へついて行く方法を模索したいと主張したが、私は頑なに拒絶した。当時の私は、私自身のことで手いっぱいだった。私自身の存在を見極め、体制に組みしない生き方を模索し、生き続けることを納得させることに精いっぱいで、他者の存在など眼中になかったと言っていい。

妻はもちろんのこと、母も、そして病の父さえも私は意識の外へ遠く放り出していたのかもしれない。父のことを、結婚して間もない妻へ託するようにして赴任地へ逃げ出したのだと思われても仕方のないような身の処しかたであった。

父へ激痛が訪れ始めたのは、その年の夏からだった。歯を食いしばって痛みに耐えている姿を見るのは、私たちにとってもたまらなく辛かった。

父が入院生活を余儀なくされてからは、母は骨身を削って父の看病にあたった。しかし、私たちはといえば、私をも含めて六人の兄弟姉妹は、正直なところ、最初の入院のころは父の病をそれほど気にも留めなかった。健康な父に病が巣喰っていようなどとは考えられなかった。精密検査に多少日数がかかったからといって不安を覚えることは何もなかった。そして、医師からも、家族の者に何の説明もなかった。六月の始めごろ、一度目の精密検査を終えて退院してきた父を、だれもが当然のごとく迎えたのである。

そのころ、父母のもとには末弟一人が居るだけだった。上の姉二人は本島中部の沖縄市と北部の宜野座村に嫁いでおり、兄は北部の金《きん》武町で薬局を経営していた。私のすぐ下の弟は、いまだ東京の大学に在学中であった。

兄や姉は、それぞれに忙しかった。長姉夫婦は、海洋博を目当てに増築したホテルが見込み違いで運営に行き詰まり、夫婦共々に必死の思いで踏ん張っていた。兄もいまだ薬局を開店したばかりで経営がうまく軌道に乗ってはいなかった。長姉夫婦も、兄夫婦も寸暇を惜しんで必死に働いていた。

次姉は、那覇からは遠隔の地に住んでおり、その上夫婦共に教員で日夜共に忙しく、父の看病には殆どあてにならなかった。結局、逃げるようにして本島の最北端のH高校に赴任した私が、土曜日の度ごとに帰省し、妻と二人して父や母を訪ね、病院へ行き、容体を尋ねるのだった。

母はいつでも父の影になり、父の言いなりになって生きてきたと思う。母にとって父はすべてであり、そのようにして生きることが一つの信念のように母の生活の中に刻まれていた。父が長く教育者としての道を確固として歩むことができたのも、それを支える母の大きな存在があったからだ。母は、父の一言に一度も首を横に振ることなくついてきたものと思われる。父は私たちに厳しく、そして母は、どの母よりも私たちに優しかった。父にもきっと優しい妻であっただろう。

父が学校長として初めて赴任した地は、沖縄本島北部国頭村《くにがみ》の楚洲《そす》小中学校であった。当時、「陸の孤島」とさえ呼ばれていたへき地へ、私たちは家族全員で引っ越した。

楚洲の隣村の安田《あだ》までは、何とか自動車が通るほどの道があったが、そこから楚洲までは道無き道である。自動車はもちろん馬さえ通れる道はなかった。私たち家族は、安田から小さなサバニ（舟）を借り、海を渡って楚洲へ引っ越したのである。私は小学校の三年生になっていた。波を切って進む小さなサバニの揺れに震えながら身を伏せ、白い波しぶきを何度も被った記憶が今でも脳裏に焼き付いている。その楚洲で私たちは五年間過ごしたのだ。

父はその後、久志《くし》村の三原小中学校、宜野座《ぎのざ》村の宜野座中学校、金武町の金武中学校と学校を転任したが、どの地でも精力的に働いていたように思う。また、母の苦労もどの地でも殆どなくなることはなかったように思う。父は、家族のことはすべて母任せであったし、その分、母の負担は重くなっていたはずである。

戦前にパラオに渡った父と母は、パラオから引き揚げてきた後、しばらくして父は郷里の小学校で教師生活をスタートさせる。その後、高等学校へ職場を移し、さらに小中学校の学校長職へと転身するが、父にどのような思いがあったか容易に推察はできない。

終戦直後の教師生活のスタートについては次のように記している。

(一九四六年の)三月中旬から学校に勤務したが、天幕小屋の校舎が三棟あり、土間に砂利が撒かれ、米軍の廃材や空き箱を利用しての机を作り、教科書も文教部編集のガリ版刷りのものを使っていた。教室には黒板と大きな白墨があるだけで、教師の創意工夫によって思い思いに教育するという状態であった。

教員の待遇は非常に悪く、当初は現物が支給された。食糧品も不足であった当時の現物支給はむしろ有り難いものであった。メリケン粉類が多く、テンプラや団子汁で食事を済ませた。米軍食糧倉庫からの特配品は戦前の奉安殿の中に貯蔵され、放課後職員同士で料理が行われ、楽しい時を過ごしたことは戦後教育の忘れられない記録であろう。

六年生を担当したとき、防空壕に保管されてあったという戦前の歴史の資料を同僚が持っていたので、それを借りて琉球歴史の概要を教え、奥間親方や羽衣伝説、牧港で為朝の妻子が待ったという伝説から待ち港、牧港となったことや、阿麻和利、護佐丸の武勇伝など、琉歌を紹介しながら得意になってユーモア交じりで指導したことが今になって苦笑される。

父の履歴書によれば、「昭和21年3月31日、大宜味村大宜味初等学校訓導ニ任ズ。給与ハ現物支給。沖縄諮詢会」とある。その後、「昭和23年2月21日、辺土名高等学校勤務ヲ命ズ。沖縄民政府」となり、「昭和32年4月1日、校長に任ず。国頭村楚洲中学校、国頭村楚洲小学校勤務を命ずる。国頭区教育委員会」とある。それから久志村三原小中学校、宜野座村宜野座中学校、金武町金武中学校と学校長職を歴任する。

五年ごとに住居を変える私たち家族のデラシネのような生活は、またその地の人々との触れ合いも大切にしなければならなかった。しかし、父や母は、父の仕事が必要とさせるそのような義務感以上に、村人へ誠実に対応していたように思う。

母は、それぞれの土地の人々の生活に似合うように、その地その地で生活を一変させた。父の赴任地は、選んだようにへき地の学校であったが、母はその地の人々と同じように畑を耕し、豚を飼い、そして鶏まで飼った。また父は、度々多くの人々を自宅に招いてもてなした。そんな時、母は実に手際よくてきぱきと酒宴の席を作った。

父は、三原小中学校での勤務時代に、任期の五年を待たずに途中での人事異動の発令を受ける。父は驚いたようだが、学区民はなお驚き、反対の陳情行動によって撤回される。教育者として誇るべきことだと私には思われるのだが、父はこの経緯を次のように淡々と記している。

五年の任期途中で前ぶれもなく突然転任発令になった。「寝耳に水」とはこんなことかと思った。

三月の定期異動期になると、異動調査が行われ連合区教育委員会事務局の計画によって町村別に逐次委員会が開催され、教員の異動発令が承認される仕組みである。

当日は久志村を皮切りに宜野座村、金武と開催され、村内の五校の校長は委員会開催前に集まって、資料が提出されたら休憩して、校長に見せるように申し出てあった。委員会から何の連絡もないままに終了し、連合区の教育次長はさっさと次の会場へと去って行かれた。三原校の大城校長村外転出、その後任に村の大先輩が発令されている。全く不可解である。村教育委員会へねじこんだが後のまつりで、どうにもならない。大城は出身村の大宜味への転任であるため別に希望は聞かなかったとのことであった。教頭はじめ全職員びっくり。次々とPTA幹部が集まる。校長の意志を確かめる方々、対策をどうするか、留任運動をしようと学区民はいつの間にか住宅の庭いっぱいに膨れあがった。

陳情書の作成、運動の方法で協議が行われた結果、即刻行動を開始することになり、区域内の自家用車、トラック等を動員して筵《むしろ》旗をあげて留任運動が始まった。

連合区の日程もあり、村教育委員会の承認も得ているので、不可能と思ったが、連日の昼夜兼行の波状的陳情と熱意によって村委員会を再開させ連合区教育長の承認を得て元の鞘に収まった。

五か年の任期の計画は、一年目は土地調査、二年目に開墾が行われ、三年目に作物の選定、四年目は植え付け管理、五年目が開花結実と、それが持論で途中の異動は特に慎重を期すべきだと、教育行政の困難性を体験した私の教職生活四〇年の思い出の一駒《こま》である。

父は、母の言のごとく「猪のような人」であった。いつでも決して弱音を吐くことはなく前進あるのみの気性であった。だから、そのような父の看病には、母も大変に気を使ったと思う。そして、それが遂に報われることもなく父の死を許してしまったことに対して、母の無念の思いとショックの大きさは、私たちには計り知れないものがあったはずだ。

3

私たちが父の病名を知ったのは、父が一度目の退院を終えて数週間が過ぎたころであった。その病院の看護師が、偶然にも私たちの従姉の友人で、その人が従姉に知らせ、従姉が私たちに知らせてくれた。病名は「右座骨骨腫瘍」で、一種の癌ということであった。一瞬耳を疑った。あんなにも元気な父に癌細胞が巣喰っているなどということは、とても考えられなかったのである。

とにかく、父の正確な病状を知りたいと思い、私たちは主治医に面会を求め説明を求めた。すると、主治医は私たちの不安な気持ちを嘲笑うかのように言った。

「お父さんの病は良性の腫瘍で、転移の心配もなく、化学的療法によって根治できるものと考えています。暫く通院治療を続けること」

それだけであった。終始笑みを浮かべ、胡散臭そうに話をする主治医の態度に、私たちは反感よりも、むしろ安堵した。私と兄は、世話をしてくれ病院までも付き添ってくれた従姉夫婦に丁重に礼を述べ、そして共に胸を撫で降ろした。

しかし、父の病に対する私たちの不安は、すべて払拭されたわけではなかった。「癌」という言葉は重く私たちの心にのしかかった。癌は、当時不治の病で死を宣告されるような病であったからだ。しかし、医者の指示に従って行動する他はなかった。

父は自分の病のなんたるかを知らなかったのではなかろうか。否その病名を記入した通院カードを持っていたから、そのことはよく知っていたのかも知れない。だが、病名を知っているというだけで、その病気がどのようなものであるのかを、知ろうとしなかったのではないか。父が亡くなった今も、当時父はどのように自己の病いを認識していたか疑問に思うことがある。それほどに父は無茶をした。父は、もしかすると自己の病いを認めたくなかったのかも知れない。それとも死を覚悟した自己との寂しい闘いがなされていたのだろうか。

父は、四六時中動き回っていた。鍬を持ち、鎌を持ち、庭に菜園を作り盆栽を作った。挙げ句の果ては、すすきや雑木の生い茂る家の前の傾斜地になっている不毛の地の伐採を始め、みかんやバナナ、パパイヤなどを植え果樹園を作り始めた。

父は暑い日差しを浴びながら取りつかれたように汗を流した。それればかりではない。庭に大きな池を掘り、一人で石を並べ、セメントを混ぜ合わせた。生来、じっとしていることのできない父だったが、そのことに益々拍車がかかった。それだけならまだしも、病院から貰ってくる薬さえ飲みたがらなかった。母は母で、なんとかして父にその薬を飲ませたがっていたが、父は「苦い」「多すぎる」などと子どものような愚痴をこぼして母を困らせていた。

私は、土曜日ごとに、自家用車を走らせ、父や母の住む浦添市の茶山団地に、別居中の妻と待ち合わせた。父や母の様子やしぐさを見ては、安堵したり、不安に陥ったりしていた。そして時々父に付き添って主治医に面会し、容体を聞いては、母の指示に肩入れするだけであった。

父や母は、私たち夫婦が訪ねてくることだけで満足しているようにも思われた。その日を子どものように指折り数えて待ち、今は地元の琉球大学に通っている末弟と三人だけになっている寂しい夕食を賑やかな団欒にすべく、いつもはしゃいで私たちを迎えてくれた。

妻は私が帰省する度に、しっかりと家族の一員として父や母の間に溶け込んでおり、私以上に信頼されているのではないかと思われるほどに私を嬉しがらせた。私自身も、引きずっていた七〇年代初頭の憂欝を、職場で若い快活な高校生と共に流すスポーツの汗で、やがて和らげることができそうな予感がしていた。私たちは、否、父や母は、「子どもの日」や「母の日」やその他の公休日には、決まって私たちを誘い、一緒に遠くまでのドライブや外食などを楽しんだ。

そのようにして一年が過ぎた後、父は徐々に痛みを訴えるようになった。そして、二度目の入院をすることになる。二度目の入院は、一か月ほどで退院することができたが、医者の説明とは裏腹に、父の病状は、その後、一向に回復する兆しがなく、母や私たちの不安を募らせた。私が帰ってくる度に、妻も父の病状が思わしくないことを訴えた。

また、三度目の入院を直前に控え、末の弟が琉球大学の推薦で米国のミシガン大学へ一年間の留学生として派遣されることが決まった。父はこのことを大変喜んだ。弟は父の病状を気にしながらも、父の強い励ましの言葉に送られて機上の人となった。

いよいよ父と母だけの二人のみの生活が始まった。私は、できるだけ多く土曜日以外の日も父や母の元に帰るようにした。妻もまた、自らそのようにしたいことを述べて、互いに父や母を見守った。

4

夏休みになると、私は一目散に父や母の元に帰った。そして、その間、週二回の通院日には、きまって父と共にR大学の附属病院へついて行った。私は主治医のK医師に、強く父の病状の変化を言い容体をただした。医師は「心配するな」の一言だけであった。しかし、父は目前で痛みを訴えて苦しみ、病状は一向に回復の兆しを見せないのだ。

私は、もう躊躇している余裕などなかった。主治医への不信感を募らせながら、遠く離れている兄や姉、そして懇意にしている叔父や叔母を交えて、父の病状が深刻な状況に陥っていることを説明した。

夏休みが終わりに近づくころには、もう父は私の手を借りずに一人で通院することが困難な状態になっていた。私の学校の二学期が始まることもあって、三度目の入院は父と相談し、こちらから病院の側へ申し入れて了承された。

母はそれ以来、ずっと父の病室で寝泊まりをした。母の不安も、大きく膨らんでいたのだろう。時々、父の着替えを取りに自宅に帰ったり、洗濯をしに戻ったりするとき以外は、父の元を離れなかった。

私たち兄弟姉妹も、まず母の苦労を少しでも和らげるために、父の看病を輪番でやることから始めた。もう見舞い客ではない。父と共に病いと闘うのだ。このことを皆で強く肝に命じて、毎月の輪番表を作成した。姉や兄たちも機敏に対応してくれた。そして看護に就くだれもが、すぐに父の病状の変化が分かるように「看護ノート」を作った。そのノートに逐次、父の状態や、医者や看護師の指示を記録して連絡を取りあった。

しかし、八月末の入院以来、父の病状には回復の兆しは全くなかった。やがて癌細胞は肩まで転移し腕が上がらなくなり、箸を握ることさえできなくなった。右側の腿は恐ろしいまでに大きく腫れ上がっているのに、左側は骨にしわくちゃな皮がぶら下がっているだけであった。

父は、あっという間に、歩くことも立つこともできなくなった。

三か月が過ぎた十二月の初めごろには、常時高熱が出るようになり、身体を動かすと激痛が走るようになった。そして、あれほど皆で気をつけていたのに、腰から尻の部分までに床ずれができてしまい、膿《うみ》でドロドロになった。見ていても痛々しかった。胸が潰れそうになった。

父は、そのような状態の中でも、見舞客のすべての人々に「大丈夫、大丈夫だ」と笑って応え、逆に慰めた。十一月の末ごろからは視覚障害が起こり左目の視力が衰えた。そして、十二月の初めごろには意識障害が起こり、続いて中旬ごろには言語障害が起こってきた。

目の前で父が必死に痛みを堪《こら》え、「ちくしょう。ちくしょう」とうわ言のように口走る姿を見るのは辛かった。さらに、わけの分からないことを口走ったり、見えないものを見たりするようになった。そのころになって、はじめて医者は、私たちに父の病状の悪化を告げた。

十二月の初めごろ、私たちは家族会議を開いて、当時癌制圧に効果を上げていると報道されていた「丸山ワクチン」の使用を決め、藁にもすがる思いで主治医に相談した。主治医は使うことを承知してくれた。私たちは努力をせねばならなかった。兄がすぐに東京へ飛んで「ワクチン」を入手し、使用を開始した。

母は、一向に良くならない父の病状に苛立ち、時には精神のバランスを失ない、周りの者を驚かせ心配させた。そして、「ユタ通い」を始め、神仏に祈るようになった。

東京に住んでいる次弟へ父の病状の悪化を告げて呼び寄せた。米国へ留学している末弟へ電話を入れるが、どうしても連絡がつかない。父の死は、あっという間に怒涛のように襲ってきた。

十二月三十日

午後六時、血便と血たんを吐く。

午後七時三十分、宿直のI医師による看護と診断。かなり危険な状態と報告される。

主治医のK医師は東京へ出張中だという。

午後九時三〇分、ぜんそく呼吸がやや落ち着く。

午後九時四十五分、M医師が診断。今晩だけか、あるいは二〜三時間しかもたないとの報告を受ける。

それを聞いた後、私は虚脱状態に陥る。全身の力が抜けていき虚無感が心を満たす。なんともやりきれない悲しさだ。気を取り直し覚悟を決め、兄と二人して姉や、見舞いに来ていた身内の者を集め、医師の言葉を伝え、相談に乗ってもらい善後策を話し合う。

まず母に父の死が近づきつつあることを話す。言葉を選び慎重に話しをする。が母は、既に父の死を予感していたのか夢遊病者のように目はうつろで意識は朦朧として、私の話を聞いている。痴呆のようにぼんやりとしている母を見て父の死のその瞬間に母は狂い出すのではないかと心配になる。

二人の姉に、母をしっかりと見守り、付き添っておくようにと相談をし指示する。近い親戚縁者に電話を入れ、父に最後の別れをしてもらうために呼び寄せる。


午後十時三十分、T夫妻来院。

午後十時四十分、N夫妻来院。

午後十一時、O夫妻、Y氏、T氏来院。


翌十二月三十一日午前十一時、M医師の報告。「気管支肺炎も併発しているので酸欠乏がひどく心不全も起こしているようだ。状態は、徐々に悪化してきている。呼吸も夕べの力強さがなくなり弱まっている。昇圧剤の使用で、ある程度の血圧（九〇〜六〇）を維持しているが、無理な動きはさせない方がよい。かえって呼吸困難を招く原因になる。できるだけ安静にさせるように。ガス分析とレントゲンの胸部撮影を行う」とのこと。

親戚のN氏より、父を自宅へ運び出し、畳の上で死を迎えさせるようにとしきりに進言される。父もどんなにか自宅へ戻りたかったことだろう。畳の上でもう一度、皆と和やかに食事を取りたかったことであろう……。

しかし、たとえ〇・〇一パーセントの希望であれ、回復の可能性が残っている間はこの病院で努力を続けたい。N氏へそのことを話して申し出を断る。

午後七時二十分、M医師の報告。「二十九日のレントゲンの結果では右肺が主の肺炎であったが、今日の胸部レントゲンの結果は左右の肺が悪化している。昨日より酸素の供給力が衰えている。体内に酸素の供給が不十分な時、例えば脳への酸素が不足すると意識障害、心臓への供給が不足すると心臓の機能障害を起こす。ジギタリス等の強心剤、昇圧剤の接種により、それ等の機能はまだ充分大丈夫。気管支肺炎に効果のある抗生物質剤をあれこれと考慮してみたい」

午後九時、父の左腕の痙攣が始まり、胸部、腹部、顔面と痙攣が激しくなる。徐々に呼吸困難になってきている。

午後十時前に次弟が東京より帰省、父の枕元で呼びかけ帰省の報告をする。父もうなずいている、ような気がする。

午後十時過ぎには小康状態、やや落ち着きを取り戻す。米国へ留学している末弟への連絡は取れず、ここで断念する。末弟は、生きている父の姿をもう二度と見ることはできない……。

昭和五十三年一月一日に日付が変わる。午前〇時、N氏来院。午前〇時十分、M夫妻、Y嬢来院。

午前一時、M医師の診断報告。「気管支肺炎を併発しているため肺がかなり悪化している。呼吸が速い。呼吸困難で全身的な呼吸をしているので体力がかなり消耗する。ネオフィリン等のぜんそく薬、ジギタリス等の強心剤も使用している。この調子では夜明け方までには体力の限界がくるのではなかろうか」

再度、死が迫っていることを宣告される。

午前一時三〇分、再度呼吸困難になる。

当直のR医師と看護師が駆け込んで来る。必死に酸素吸入をする。徐々に呼吸が弱くなる。私と兄が手伝い、父の痙攣を押さえ、顎の下に手を入れて父を羽交い締めにするような格好でなおも激しく酸素吸入を続ける。呼吸が止まる。心臓が停止する。

R医師が力いっぱい父の胸をバンバンと素手で叩く。母は放心状態になり、ベッドの脇の地べたに座り込んで二人の姉に抱えられている。私たちの額にも汗が滲む。

約一時間余、必死の介抱の甲斐もなく午前二時三〇分、父は逝去する。

私たちの緊張の糸がプツンと切れる。

5

父の遺体は、死が訪れると、目前であっという間に清められた。清められたというよりも腐臭を防ぐために、耳、鼻、口など、肉体が外部に向かって開いている部分のすべてに脱脂綿が詰められた。

私は奇妙な宙ぶらりんの感覚のままに看護師たちの素早い手際を眺めていた。まもなく遺体は地階へ移動させられた。父の遺体を運び出す乗用車は従兄たちが手はずを整えてくれていた。その乗用車へ父を乗せ病院を後にした。ついに父は、元気な姿で病院を退院することができなかったのかと思うと、無念さが沸いてきた。

一九七八（昭和五十三）年元旦の早朝、小雨の中を父の遺体は茶山団地の自宅に戻った。狭い玄関を、数人で重くなった父の遺体を抱きかかえながら中に入った。壁に掛けた額縁には白い紙が貼られて裏返され、死者の家にふさわしい装いがなされていた。たぶんそれも従兄姉たちが先回りをして手はずを整えてくれたのだろう。父を横たえる蒲団を畳の上に敷きながら、死者の家になった室内を見回した。

父の死を迎えるためには、そのようなことをせねばならなかったのかという思いと同時に、そのようなことには全く気を配ることができなかった自分に気づいた。父の病いとの最後の闘いに全力を振り絞り、また母の様子を気遣うことはできたが、父の遺体の運び出しや自宅での受け入れのこと、あるいは法事のことは、すっぽりと意識の中から欠落していた。

私は、冷静に父の病いを見て、父の死を看取っていたと思っていたが、やはり冷静ではなかったのかもしれない。あるいは、無意識の内にも父の死を拒み、父の死の支度をすることを拒む意志が働いていたのかもしれない。このようにして死の家にせねばならない世間の常識に、我が家だけはそのことから無縁でいたいという思いが、複雑な感情と共に頭をもたげてくるのを感じながら、また父を見た。

父は死の床の上で、強く脚を「く」の字型に曲げて紐で結ばれ膝を立てて寝かされていた。いつの間にか父の愛用していた黒い絣の着物が着せられ、足袋を履かせられていた。顔の上には白いハンカチが被せられ、傍らには祭壇が設けられ香炉が置かれた。

父の死を弔う準備が、死後数時間も経たないうちにどんどんと進められていく。私はその間、奇妙な放心状態にあった。確かに目前で行われたと思われる簡単な出来事や相談事などが、明確な記憶と欠落した記憶に二分化して、截然と別れている。

父の死の瞬間まで、父の病いは確かに私と共にあったのに、死と同時に私を置き去りにして父の法事の準備はどんどんと進んでいく。ためらっている時間も、考えている時間も、ましてや悲しんでいる時間も、なんだか自分のものではないような気がする。

新聞へ死亡広告を出す手はずを話し合った。叔父叔母や従兄たちと一緒に意見を交わし、最終的な判断を下す。慌ただしく時間が過ぎていく。兄弟や姉たちを集めて、私たち家族だけでせねばならないことの仕事の分担を打ち合わせる。

やがて弔問客が帰り始めて静かになりだしたころ、これまで父の遺体の傍らでかしこまって座り続けていた一番上の伯父が、遺体の傍らに横になり、父を抱きしめるように身体を擦《す》り寄せた。そして、何事かをつぶやきながら、いつまでもそこを動かない。老いた伯父にも特別の悲しみがあるのだろう。父の四人の兄弟の中でも一番下の父と、一番上の伯父は特に仲が良かった。

伯父は、戦争が始まる昭和十年代の初めに父を南洋パラオに呼び寄せ、異郷の地で苦楽を共にした。また、終戦直後、薄給に「教師を辞めたい」、「漁に出たい」と漏らした父を叱りつけたという逸話も聞いたことがある。

伯父は娘たち、つまり私の従姉たちが「もう遅いから帰ろう」と諭すのを頑固に撥ねのけ、いつまでも父の遺体に寄り添い、ぼそぼそと語り続け、父の身体を擦《さす》り続けている。

「今晩は、貞賢と共に過ごす！　先に帰れ」

伯父は、従姉たちにそう言って大きな身体を動かそうともしない。

私は、目頭が熱くなってくる。

「伯父さんの気の済むようにさせてようよ。そうさせてください」

私は、従姉たちに進言し、伯父の気の済むように父の傍らに寝てもらう。

二日深夜の〇時を過ぎた。父の死からまる一日が過ぎたのだ。柱時計が止まったままで動いていない。柱時計は、父が戦後間もないころ、教え子たちからプレゼントされたものだ。ゼンマイ仕掛けの古い時計だが、父は頑固にその柱時計を愛用していた。

父にはこの時計に込めた様々な思いがあったのだろうが、もう尋ねることはできない。

父の顔から白いハンカチがずり落ちそうになっている。それを直すために父の枕辺に座り、ハンカチを取り除き父の顔を見る。父の顔はこの数時間の間にすっかり変わってしまった。青白くなり、硬くこわばり、げっそりと頬の肉が削げ落ちて死者の顔になった。病院で触れた父の顔とは全く違う。鼻に詰められた脱脂綿が白く光っている。

父はこの数時間で本当に死んでしまった。子どものころ、手を引いて砂浜を歩いてくれた父の姿が想いだされる。優しかった父の記憶が甦ってくる。スポーツマンだった父。高校に勤めていたころはテニス部の顧問をして全県制覇を成し遂げた父。村の陸上競技大会には出発の号砲係りが定番でその姿が誇らしかった父。高校時代にテニス部に入部した私のテニスの相手をしてくれた父。大学のころには政治の季節に取り込まれた私の不作法を黙って見守ってくれた父。私はもう父の子どもに戻れない。

どっと涙があふれてくる。堪《こら》えようとしてもどうしようもない。顔中が涙でびしょびしょになる。背中を叩く者がいるが振り返れない。眼を閉じ歯を食い縛るが涙は止まらない。私にも理解できない突然の涙だった。声をあげずに肩を震わせ思い切り泣いた。

気を取り直し、大きく息を吸い込んで夜の庭に出る。父の庭だ。

夜風が身体を撫でる。父が自らの病いを忘れるかのように伐採を始めていた傾斜地の下方から風が吹き上げてくる。その向こう側でサトウキビの穂が黒い影になって揺れている。霧雨が煙っている。父はもう戻ってこない。

6

父の告別式は、正月が開けた一月四日に那覇市の大典寺で行われた。読経が始まり、焼香が始まった。でも、私は再び悲しみに襲われて涙があふれてくることはなかった。法事の流れの中に身を任せることが、悲しみをやり過ごすのに最もよい方法のようにも思われた。

法事万端の準備は、徐々に家族の側から離れていた。従兄や叔父叔母たち、身近な親族が手配し、親身に執り行ってくれていた。このことに素直に感謝する気分になれた。少なからず違和感を覚えていた最初のころの気分は、もうすっかり払拭されていた。そのようにする習慣こそが、悲しみに深く埋没せずに済むための先人たちの知恵であったのかもしれない。そんなふうに考えることもできるようになっていた。

告別式の二日前、父の遺体を火葬場に運んだ日は、その違和感にまだ悩まされていた。父の死に纏《まつ》わる諸々の法事が、立ち止まることなく足早に流れていくことがたまらなく耐え難かった。父の死を、その時その時ごとに考える時間のないことが耐え難かった。

父の遺体が焼却炉に消えていく瞬間さえ、あっという間であった。火葬場に集まった人々が消え去るのもあっという間であった。踏みとどまって死を考えない。人間を考えない。だれもそのことに異議を唱えない。私もその一人であることが耐え難かった。

火葬後の骨拾いをするまでの待ち時間を、家族の皆で茶山団地の父の家に戻って休憩することにした。自家用車に分乗して家へ向かう途中、私はいたたまれなくなって、自家用車を止めてもらった。父を火葬場に置き去りにすることが辛かった。

理由を曖昧に述べて、いぶかる姉たちを振り払って、私は強引に車外に飛び出した。兄や姉たちの乗った自家用車が走り去った後、私はすぐにタクシーを止めて、再び父の待つ火葬場へ向かった。

火葬場には、だれもいなかった。父も待ってはいなかった。ただ、煙突から父を焼く煙がまっすぐに天に向かって立ちのぼり、上空でわずかに折れながら消えていた。

父はもういないのだ。頭が、ぽっかりと空白になって何も考えることができなかった。

私は、もしかしたら数分間もその場所にいなかったかもしれない。その場所に長くいたら、きっと悲しみで窒息していただろう。私自身が父の後を追う衝動に駆られたかもしれない。あるいは、その予感に震えてその場所を急いで立ち去ったのかもしれない。

その時以来、私は、法事の時間の流れに抗《あらが》うことなく身を任せることが悲しみをやり過ごすのに最もよい方法だと思うようになった。甲斐甲斐しく働く従兄姉たちへ、素直にお礼を述べる平静さを保つこともできた。

大典寺での告別式が済むと、遺骨を抱いて郷里の大宜味村へ向かった。那覇から約八十キロ、時間にして二時間余、数台の車をつらねて郷里に向かった。

郷里の墓前でも、郷里の人々が父へ別れを告げるために待ち構えていた。父の幼いころからの友人知人たちが、小雨の中を厭《いや》がることなく焼香をした。傘を差し、テントを張り、小さな祭壇を設けてくれていた。

父の死を境に、私には死は身近で日常的な出来事の一つになった。死は、恐れるものでもなく、また憧れるものでもなかった。死とは特別な事件ではなく、単なる一つの出来事が、日常の時間の中で積み重ねられていく。その一コマに過ぎないのだ。私が、生き続ける時間の中でとっておきの切り札として取っておいた自死の意味さえ希薄になった。死ぬことにさして重要な意味などないのだ。

私は、そのような思いの中で、みずからの青春の驕りと怨念をも捨て去ったように思う。たぶんにこのことが、父が私に与えてくれた最後の大きなプレゼントであったように思う。

7

父の法事の七七忌が済んで約二か月後の五月に、今度は兄が急性の膵臓炎で中部の県立病院に担ぎ込まれた。生死に係わるほどに危険で、すぐに手術が必要だという。母は絶句した。夫を失い、今また死ぬかもしれない重い病気を兄が患っていることに、言い表し難いショックを受けていた。

手術室に運び込まれる兄の枕元で、主治医は私たちに兄の病状を説明した。かなり危険な状態であるという。兄は自分の姿を父の姿に重ね見たのであろう。涙を浮かべ弱々しい表情を見せて手術室へ消えた。母は立ち尽くしたままで祈るように背を屈め、それを見送っていた。母の姿は、まるで幼子のように小さくなっていた。また、闘いが始まるのだ。

私は、父を亡くしてから一人暮らしを余儀なくされている母のことが気になって、母の近くに住居を構え、そこから通勤できる範囲内での職場への転勤を希望し、四月にはそれが実現されていた。それだけに、できるだけ多く、母のもとを訪ねることにしていた。

父を頼りにして人生を過ごしてきた母にとって、大黒柱である父の死がどれほどに大きな痛手になったかは、日が経つにつれて益々母の一挙手一投足から読み取れた。母は、ことあるごとに私を呼んだ。ことあるごとに父の死を悔やんだ。そして、ことあるごとに父の偉大さを強調した。父との思い出にまつわる品々は、どんな小さな物までも見逃さずに大切に保管した。父のことになると神経を昂ぶらせ、ぴりぴりと周りに反応した。

私は、父への執着が余りにも強い母の態度に、時には母の愚痴を聞いてやる平静な心を失ってしまいそうになるほどであった。

兄の入院は、そんな異常とも思える父との記憶の中に埋没している最中の母を、全く滅入らせてしまっていた。兄は戦争中にパラオで生まれた子どもだ。母は乳飲み子の兄を抱えてジャングルの中を逃げて生き延びたのだ。

「父さんを亡くして、まだ一年忌も済んでいないというのに、一体世間に対して、どんな顔向けができるというのだろう」

母は兄を看病した後、私と共に帰宅する車中で、何度となくそのような言葉を吐いた。それは、時には独り言のように寂しく、ぽつりとつぶやかれることもあった。また時には目に見えない何者かに向かって、威嚇するほどに激しく罵り、叩きつけるようにまくしたてることもあった。

こんな不幸のただ中にいても、世間体を気にする母を哀れと思った。母は、もう還暦を過ぎていたが、世間体を気にすることが、母たちの世代の一つの精神的風土なのだろうか。

母は、いつも父の影になって生きてきた。母に対して短気だった父に、母は海のようにゆったりと耐えていた。父は、手を上げることはなかったが、私たちに対する怒りさえ母にぶつけていたはずである。

しかし、私は母の怒った顔を、父の生前には遂に一度も見たことがなかった。ただ、遠い幼少のころのぼんやりとした記憶の中に、深夜激しく泣きながら両手で父の胸を叩いていた母の姿を思い出すことがある。声をあげて泣いていた母を、吊った蚊帳の中から、息を殺して見つめていたことがある。父や母に気づかれはしないかと、必死に瞼を閉じて寝入ろうとした記憶がある。父の赴任地の楚洲で、次弟がハブに噛まれて生死の境を彷徨っていた晩だ。

しかし、それは夢の中の出来事であったかも知れない。父と母は、人が羨むほどにいつでも仲が良かった。

父と母にとって、故郷を離れ、転々と勤務地を替える渡り鳥のような生活はどのようなものであったのだろうか。

父は故郷の字誌に「ふるさとの幼いころの思い出」と題して次のような一文を寄せている。

「ふるさとの山に向かいて言うことなし。ふるさとの山はありがたきかな」

と明治の詩人石川啄木は故郷をこよなく愛し、数々の詩歌を後世に残している。

私は大正三年に大宜味村大兼久で生まれ、幾多の移り変わりを経て六十年目の還暦を迎えた。メンバーの松並木、美しい砂浜、クノイの山から昇る美しい朝日の光景は深く脳裏に刻まれている。

我々大兼久の人々の幼いころを育んだこのふるさとは、永劫に忘れられない、懐かしいふるさとである。覚めて故郷の山や川を思い、寝てはありし日の父母と懐かしい幼な友達を夢見る。私はアルコールが入ると、常に郷愁を感じ、いつの間にかふるさとの歌を口ずさむことがしばしばである。（中略）

私は大宜味尋常高等小学校を昭和四年に卒業した。当時の大兼久は半農半漁と言っても大部分は漁業であった。そのために小学校三、四年生のころから、草刈り、薪取りと家族労働の一端を担っていた。（中略）

（仲間たちは）みんな元気よく駆け回り、擦り傷や切り傷もよくつけたが、案外平気で唾をつけたり、よもぎの葉やサツマイモの葉をもんで汁を付けたりして治していた。（中略）

クノイや中山の曲がりくねった坂道をオーダ（モッコ）で堆肥を担ぎ、あえぎあえぎ登ったこと、夏休みの早朝、タンヤマ（木炭を焼く所）に薪を取りに行き、午前中の涼しい時に帰宅したこと、冬休みには旧正月用のナンクラ（立ち木を切って枯らしたもの）を集めて宅地の隅に積み重ねてそれを自慢したこと、明け方に山羊の草を刈り集めたこと、これらのことは、すべて勤労であり、働く喜びと根性を培ったと思う。

一方、学習面では、自ら石油缶入れの外箱を工夫して机を作り、会所（学習所）に朝晩通ったこと、欠席調べが厳重に行われ、欠席の多い者はよく先輩たちに制裁されたこと、また暗いランプの下でよく勉強ができたなあと懐かしく思いだす。（中略）

食べ物は質素なものだった。昼食は、休み時間に学校から帰って食べた。遠足は三月十日の陸軍記念日と五月二十七日の海軍記念日によく行われた。遠足のとき、母が卵焼きや油味噌を作ってくれたが大変なご馳走で喜んだ。お菓子などは、遠足か何かの行事の時に買うぐらいのものだった。しかし、毎月の折り目節目にはご飯があり、ソーメンの御汁と魚、豆腐、時には肉類のおかずがあり、それが本当に待ち遠しく、楽しみであった。

旧正月、一斉に行われた暁の屠殺風景、正月の若水汲み、塩漬けの豚肉、お盆のご馳走などは、母が一所懸命作ってくれた。今も亡き母の心と味が忘れられない懐かしい思い出である。

あれを思い、これを思うごとにふるさとは懐かしいものである。血につながるふるさと。心につながるふるさと。言葉につながるふるさと。いつまでも愛したいものである。


父はこの故郷へ、退職後に帰って母と共にのんびりと過ごしたい、ゆったりと余生を送りたいと語っていたことがある。母もまた故郷は父と同じなのだ。その時に、どれほど切実に父がこのことを考えていたかは分からない。ふと漏らした言葉かもしれない。

実際、父も母も故郷へ帰ろうとはしなかったし、父は父で、退職後もT県の県外駐在員というアルバイトのような仕事を始めていた。今考えると働かねばならない幾つかの事情があったようにも思う。しかし、父が瞬間であれ母と共に故郷で過ごす静かな生活を夢見たことは確かなことであったように思う。そのことを果たすこともできずに、父は死んだのだ。

父が三度目の入院をし、もう再び退院することができなかった死を迎える二週間ほど前のことだ。土曜日の午後だったと思う。私は学校が終わると、八十キロ余の道のりを自家用車を飛ばして二時間余で父の入院している病室へ辿り着いた。

病室の入口で思わず立ち竦んだ。父と母が病室のベッドに座り、肩を寄せ合って二人して静かに、「ふるさと」の歌を口ずさんでいる光景を目にしたからだ。

私は胸が熱くなった。父と母は、窓辺に目をやり、肩を抱くようにして静かに歌っていた。

兎追いしかの山　小鮒釣りしかの川
夢は今もめぐりて　忘れがたきふるさと
いかにいます父母　つつがなしや友垣
雨に風につけても　思いいずるふるさと

父と母は、私が部屋へ入ったことにはまるで気づかなかった。私は父と母のその姿を見て、涙がこぼれそうになった。熱く込み上げてくる思いを抑えることができなかった。その時、父と母は、確かに「ふるさと」へ思いを馳せていたのだろう。しかし、同時に、迫りつつある「死」を覚悟し、必死に肩を寄せ合い手を取り合って耐えているようにも思われたのだ。二人して涙を堪え、迫ってくる死を懸命に打ち消したいと思い、共に「ふるさと」の歌を歌っていたのではなかろうか。二度と戻ることのできない幼い日々のことを思い出しながら……。

私はこのときの父と母の姿を、私の人生で出会った最も美しい光景だったと今でも思っている。私の心の中で、あふれ出した悲しい思いと同時に、「生きる」とはこういうことなのだと潔く答えることのできる何かが、力強く沸き起こってきたことを覚えている。それはまた、今まで感じたことのないとてつもなく大きな寂しさでもあった……。

父の死から数か月後に、兄の闘病生活が始まった。兄の入院の間、兄の経営する薬局を兄嫁一人だけでみるということは、大変なことだった。二人の小さな子どもを抱え、そして、さらに兄の看病をしなければならなかった。母は兄嫁を助け、兄を看病し、店を手伝い、子どもたちの面倒をみるために一日も休むことなく身体を動かし続けた。

そして、ちょうどそのころ、母を苦しめていたもう一つの心配ごとがだんだんと大きく膨れ上がり、抜き差しならない問題として母を襲っていた。それは、いわゆる海洋博ショックで長姉夫婦の経営するホテルが、もうほとんど倒産寸前にまで追いつめられてしまっていたことである。借金をして事業を拡大していただけに、また家族の持っている数少ない財産を抵当にして資金を調達し合っていただけに、それを返済する金を工面することもできず、父のいない今、老いた母は長姉夫婦の苦労を間近に見て心労を重ね、更に白髪を増やしていた。

兄の入院が、三か月、四か月と長引くにつれて、当然兄の薬局の経営の方もピンチに陥ってきた。私などの薄給では如何ともしがたく、兄の方は勿論のこと、長姉夫婦のところは気の遠くなるほどの金額であった。しかし、兄夫婦も長姉夫婦も弱音を吐かなかった。

母は、父の残してくれたお金を、これからの自分の生活のことを省みることなく、できうる限り融通したように思う。母も父と同様、子どものことになると自分の将来を度外視して判断をした。自分の生活が苦しくなることをも構わずに子どものことに尽くす母を見ていると、まず第一に自分のことを考えて欲しいと、言い表し難い不満を覚えることがあったが、しかし、そうすることはまた、父の遺志でもあったように思われる。父が生きていてもそうしたであろう。私たちもまた、可能な限り協力した。

私たちは、家族のだれかが不幸になることに、だれもが冷淡になることはできなかった。父や母は、そのように私たちを育て躾《しつけ》てきていたのだ。喜びも悲しみも、不幸も幸せも、共に分かち合うことが、私たち兄弟姉妹の生き方だった。だれもが言葉に出して言わないにしろ、強く心の中で思っていることであった。一人の苦労は、全員の苦労であった。母は身をもってそのように振る舞った。それゆえに、私たち全員にとっても、当然辛い日々が続いたのである。

ところが、そんな中で兄がまるで奇跡としか思えないような回復力を見せ、半年の入院の後、退院をした。七十キロ余もあった頑強な身体を持つ兄であったが、退院の時には四十キロ程に体重が落ち、髪も半分ほど抜け落ちていた。杖をついてよぼよぼと歩き、今にも倒れてしまいそうな身体での退院であった。

それでも母は、我を忘れて一番に喜んだ。私にとっても入院の際の主治医の言葉からは、考えられないようなことだった。主治医の言葉は、まるで兄の死を宣告するかのように、ほとんど絶望的に私たちの耳に響いていた。母をはじめとする皆の、祈りにも似た思いや献身的な看病が神に通じたのだろうか。否、母に言わせれば、父に通じたのかも知れない。

「万一のことでもあれば、合点しないからね。棒で、スグイクルシテヤル（殴ってやる）からね」

母は、父を毎朝のように仏壇の前で、叱りつけていたのだ。母にとって、父は今もなお生きているのだろう。父もきっと苦笑したに違いない。

いずれにしろ、兄は退院した。父の亡き後、私たち家族の大黒柱となって、これから母を支えていかなければならない兄の退院は、私にとっても涙が出るほどに嬉しいことだった。

兄も兄で、無念の思いで入院していたものと思う。ベッドの上で、父の死を思い、母のことを思い、妻子のことを思い、自らの死を思ったはずだ。これらすべての不安を振り払って強い意志で病院での日々を過ごしたのだろう。そして長姉夫妻にとっても自らの努力により明るい兆しが見え始めていた。

しかし、私にとって気掛かりなことが今一つ残っていた。兄や姉の状況を考えると私が対応せざるを得なかった。早く母が、心から朗らかに笑える日をつくらねばならない。私も、もう長く待つことはできなかった。

8

その年の夏の終わりごろ、私は思い切って話すことにした。それは、次弟の結婚のことだった。次弟は、東京のT大学へ進学していたが、結婚したい相手ができたということだった。次弟は、県内の大学を中退し、一度仕事に就いた後、再び東京のT大学へ進学していた。

次弟が結婚したいと私と兄に告げたころは、ちょうど父が病いに倒れ、入院と退院を繰り返しているころであった。事情を話し、次弟には父や母への報告を保留させ、結婚式や披露宴の開催をも待ってもらっていた。

ところが父の病との闘いが長期に渡り、死を迎え、さらに次々とやって来る一連の法事の行事の中で、生前の父にも、そして母にも次弟の慶事を話しそびれて時間が過ぎていた。さらに兄が病に倒れ、半年余の入院が続くなど、家族の悲痛な闘いが繰り返されていた。そんな中での結婚式や披露宴の話しはためらわれたのだ。次弟もこのことを十分理解していた。

やがて父の一周忌がやって来る。一周忌が終われば、親族や一族へ慶事の報告を行ってもいいように思われた。このことを事前に母に話して理解してもらわなければいけなかった。

次弟は、どんなにか苦しんだに違いない。父の死という重い悲しみと、宙ぶらりんの愛の型の辛さとを二重に背負って日々を過ごしてきたはずだ。早く楽にさせてあげなければいけない。もう充分過ぎるほど待ったのだ。私は、まずこのことを母に告げなければならなかった。肩の荷の重い、辛い事実の告白だった。

次弟は大学を卒業し、東京で就職もしていた。そして、同居生活を始めていた。次弟からはこのことの相談もあり、私も兄も承知していた。また彼女にも申し訳なく思っていた。はやく二人を楽にしてやりたかった。

しかし、母の倫理観からすれば結婚前の同居生活は許されることではなかったのだ。さらに、父の死後一年が過ぎたころに開催される慶事とはいえ、母はまだ父の死の中にいたのだ。また、たとえ母の気持ちを気遣うためであったにしろ、この事実を数年間も隠していたということは、隠していたということだけで、私たちは既に充分に母を裏切っていたのである。

私は母の様子を窺《うかが》いながら、できるだけ母の受けるショックを小さくするために、考えられるあらゆる配慮を、事前のひと月ほど前から行った。例えば良き父であったこと、良き息子である次弟のこと、家族のこと、これからのことなど、母の心を和ませるために、ゆっくりと話しをし、外堀りを埋めていった。そして、用心深く本題を話し始めた。

しかし、予想どおり母は激怒した。激怒したという以上に気が狂ったのではないかと思われるほどに、髪を振り乱して取り乱した。父が逝き、兄が倒れ、そして今、息子の一人は結婚を前提とした交際を始めている。そして、私はこの二人を父の死の一年忌が終わった夏には結婚させたいと言う。このことに母は激しく動揺し私を罵った。父の死から半年余が過ぎていたとはいえ、母はまだ悲しみの中にいたのだ。母は、結婚を口にする私を、どんなにか情けなく思ったことだろう。そんな母の気持ちが痛いほどによく分かるのだ。

「世間が何と言うか……」

またしても、世間である。しかし、予想はできたことだった。

「お前たちは、私を気狂いにするのか！　私に死ねと言うのか！」

母は狂っていた。そこまでは予想できなかった。声を荒げ、泣き叫ぶや、手当たり次第に周りにある物を掴んでは、私に投げつけた。茶碗が飛んできた。傍らで大きな音を立てて割れた。座布団が飛んできた。洗濯物が飛んできた。物差しが飛んできた。私には、慰めの言葉もなかった。

父の死から兄の病い、そして弟のこと、さらに今、母の半狂乱の姿を見ていると、私の方が気が狂ってしまいたいほどであった。しかし、私は、強く自分に言い聞かせていた。父に寄り添って「ふるさと」の歌を歌っていた母の姿を見た時から、どんなに辛いことがあっても、母の支えになろう。どのようなことがあっても耐えねばならないと。

父の死後、あらゆる場所で、あらゆる時に、私はこのことを実行した。時には母のわがままに耐え、時には母の辛辣な言葉に耐え、あるいはまた、母を庇いながら常に、その努力をしてきたのだった。

「弟がこんなになったのも、あんたのせいだよ。あんたがだらしないからだよ。兄さんの病気も、あんたが悪いんだよ。みんなあんたのせいだよ。父さんのことも、あんたが悪いんだよ」

母は私を激しく罵った。しかし、私は母を冷静に観ていた。私は母と共に泣くことなどできなかった。母は部屋から部屋へ座る場所を変えては、なおも私に物を投げつけた。

「帰れ！　帰りなさい！　あんたなんか、もう家へ来なくていい！」

「顔も見たくない」

「帰れ！　あんたが父さんを殺したんだ！」

母のこの言葉に、私はこれまで平静さを保っていた心のねじが、ぽきりと折れた。

「私が、父さんを殺した？」

私はかっとなった。何かが崩れ落ちる音を聞いた。兄や弟はもちろんのこと、私は父をどれほどに敬い、愛していたことか。私は父の看病のために、那覇とH高校との間の約八十キロ余の距離を、都合のつく限りピストン往復していた。その無理がたたって看病疲れから、一瞬居眠り運転をして自家用車をガードレールにぶっつけてしまい、危うく命さえ落とすところだった。そして、不思議なことだがその瞬間、私は、私の命と父の命を取り替えることができたらとさえ思ったのだ。

そして、父の死後、何よりも母のためにこそと、私は多くのことに耐えてきたのだ。多くのことを犠牲にしてきたのだ。その母が今、「私が、父を殺した」と言う。

「私が、父さんを殺したなんて……」

その次の言葉が出てこなかった。怒りで絶句したのか、悲しみで絶句したのか、母の姿を見て絶句したのか、私にもよく分からなかった。私は、これ以上声が出なかった。喉の奥に、言葉がつかえてしまったのだ。

「あんたが、役に立たないからだよ。あんたがしっかりしないからだよ。あんたが、みんな悪いんだよ」

母はなおも半狂乱になって座り込み、涙を流し、髪を振り乱して絶叫した。目は血走り、入れ歯が、がくがくと浮いて口からこぼれそうになっていた。さらに頬の筋肉だけでなく、身体全体がぴくぴくと痙攣している。

私もまた気が狂ってしまったのだろう。平静さを失ってしまっていた。

「私が父さんを殺したなんて、私が父さんを殺したなんて……」

私は吃り続けていた。そして拳を握りしめていた。怒りで震えていたのかもしれない。

私と母のやりとりを、隣の部屋から泣きながらそっと覗いていた妻が、いつの間にかやって来て、今にも母に掴みかかろうとしている私を、後ろから抱きかかえた。

妻は、私が母に殴りかかろうとしていると思ったのだろう。実際、私は拳を握り一歩踏み出していたのだ。

「駄目よ、母さんをそっとしておくのよ。母さんの言っていることは、母さんの本心ではないよ。あんたが一番分かっているでしょう。我慢するのよ。帰ろう、さあ、今は帰るのよ」

「いやだ！　絶対に、許さん！」

私は、やはり怒りに震えていた。本心ではなくても、そんな言葉を吐く母が許せなかった。

妻はそんな私を引きずるようにして背後から両腕を捕まえた。実際に私は引きずられた。

私は、やがて強引に妻に諭されて隣の部屋に移った。

母は、なおも手当たり次第、物を投げ散らかした。やがて震えながら白痴のように丹念に投げ散らかした洗濯物を畳み始めた。

私は、しばらく母の様子を窺いながら、私自身の気持ちを落ち着かせた。気持ちを落ち着かせるというよりも、母の言葉に必死に耐えていたといった方がよい。その言葉は、私をがんがんと打ち続け、私を錯乱させた。

しかし、私は、やがて妻を前にして冷静さを取り戻していった。「今は我慢をして」という妻の言葉に従った。私には目の前に妻がいることが救いだった。しかし、今、母の目の前にはだれもいないのだ。そう思うと、余計に悲しくなった。

母は、怒りに震え、何かに怯えているようであった。徐々に冷静さを取り戻していった私は、そのような母を見ていると、今度は母が自殺をしはしないかと新たな不安が沸き起こってきた。母をなんとかせねばいけないと思いながらも、なす術もなかった。

私が近寄り母の前に立つと、母は興奮して喚き散らすのだ。

「頑張るんだよ、母さん……」

私は、喉の奥で、込み上げてくる思いを、重く飲み続けるだけであった。

翌日、学校が終わると、私は真っすぐに母の様子を見に行った。

「もう、あんたなんか家に来なくてもいい！　来てはいけないからね」

そんなふうに母に強く言われていたが、もちろんそういうわけにはいかなかった。

母は、昨日と同じようにいまだ半狂乱の状態で私を罵った。しかし、不思議なことだが、私はもう、どんなことを言われようと平静さを保つことができた。母を慰め、母を愛する家族のことを伝えた。次弟のこれまでの苦しみを理解してあげるべきだ、皆で父のいない我が家を支え合っていかねばならない。そんなことを、独り言のように母の前でゆっくりとつぶやいた。

そして、こうなったのはだれのせいでもない。私たちの意志とは関わりのない運命とも呼ぶべきもののせいに違いない。それを受けて、その運命を私たちのものにしなければならない。そうでなければ、いつまでも運命に突き放され、弄ばれ、悲しむだけである。私はそのようなことを、母の傍らでさりげなくつぶやき続けた。

「弟は、母さんのことを最も気遣ってここまでやって来たんだよ。弟は一番の母さん思いなんだよ」

母へ、そんなことを話しながら、しかし、母の周辺で起こっていることを考えると、私自身、胸が潰れるような思いであった。

母の怒りは、相変わらず私へ向かっていた。私は、私自身の弁解はしなかった。母の怒りの根拠が、私とは別な所から来ていることが、今は手に取るように分かったからだ。また、ここで弁解をすれば、さらに母を苦しませるだけであると思ったからである。

それにしても、余り長居をすることは、かえって母を興奮させることになりそうであった。私は一時間足らずで母を後に残して、後髪を引かれるような思いで家を出た。母の顔は、全体が腫れているようで、ほつれた髪が涙の糸のように見えて悲しかった。

私は明くる日も、またその次の日も、母の言に反して母を訪ねた。母が自殺しはしないかという不安をぬぐい去ることができなかったからである。私は母を前にして、繰り返し繰り返し、私たち子どもの皆が母を愛していること、母を必要としていること、そして父を誇りに思っていることを、やはり独り言のようにつぶやきながら、母の様子を、ちらちらと窺い見た。

母は、自分の不幸を嘆き、怒り、そして呪っては何かに向かって、否あらゆるものに向かって牙を剥き出し、挑みかかるような素振りを見せて言葉を吐き続けた。目前の私に対してはもちろんのこと、すべてのものに対して腹を立てていた。そしてまた、時には無言のままで身の周りの品物や、父の残した遺品を食い入るように見つめては、いつまでも静かに整理をし続けた。

このことがあってから五、六日経った夕方、いつものように母の家を訪ねると、玄関が開け放たれていて、家の中から賑やかな話し声が聞こえてきた。叔父や伯母の声である。叔父や伯母は、父の死後、寡婦となった母を慰めるために、時々家へやって来ては母の話し相手になってくれていた。

しかし、今日は明らかに母の態度に面食らっていた。近隣の町に住んでいる五人の叔父伯母全員が揃っていたが、先に来ただれかが、母の様子がおかしいので次々と電話をかけてみんなを呼び寄せたようにも思われた。

叔父や伯母は、母に何があったのかをこっそりと私に尋ねたが、私にはそのわけがまだ言えなかった。酒を飲み、上気した母も、もちろん、このことには触れていなかった。ただ目の前の私を、皆の前で罵倒し続けた。

「この子が一番の親不幸者だよ」

私は、笑ってこの言葉に耐えた。

母は、その晩、酔い潰れるほどにしたたかに酒を飲んだ。叔父や伯母は、そのような母の姿に驚きながらも、何かを感じ取っていたのだろう。母を温かく見守ってくれていた。そして、母の苦言を浴びせられている私をも慰めてくれた。

私は、最後まで、叔父伯母の前で次弟の結婚のことは口にしなかった。このことを言えば、また母は半狂乱になるだろう。母は、このことを叔父伯母たちに知られることを最も恐れているのだから。母の「世間」とは、まさに目前の叔父伯母たちも含まれているように思われた……。

9

同じ年の秋の初めごろ、米国へ留学していた末弟が帰ってきた。どのような思いや、どのような辛いことがあろうとも、歳月は人々の上を容赦なく過ぎていくのだ。否、どのような悲しいことがあろうとも、それと関係なく日常的な行為は続けられ、積み重ねられていくのだ。日々は休むことなく押し寄せてくる。悲しみを整理する暇などありはしない。

末弟が、新年の初め、「ハッピー、ニューイヤー」と、弾んだ声で米国から電話をかけてきた時、我が家では、ちょうど父の遺体を病院から運び終えて悲しみに沈んでいるところであった。末弟に父の死を告げることは、とても辛いことであったが、だれかが告げねばならなかった。そして末弟は一人、異郷の地でその事実に耐えねばならないのだ。その役目を私が担った。

父は病のことで、末弟の学業に支障の出ることをとても気遣っていた。だから、父の言に従って、私たちは末弟に、父のことは心配するなと言い続けてきたのである。

私は意を強く持ち、父の死を告げた。明るく弾んでいた声が、一瞬のうちに途絶えた。重く息づまっていく気配が手に取るように感じられた。しかし、皆が耐えねばならない。父の病いを乗り越え、父の死を乗り越えて学業に励めというのが父の遺言であったことを伝えて受話器を置いた。遠い地で弟の声のない泣き声を聞いたように思った。

母は帰国する末弟を、是非とも東京まで迎えに行きたいと言い出した。母はその理由を言わなかったが、東京まで迎えに行くことで、弟に与える父の死の衝撃を和らげたいとでも思っているように推測された。

もちろんそれだけではない。それ以外にも言葉では言い表せないたくさんの思いが母にはあるのだろう。しかし、一人で行かせるわけにはいかなかった。私は母の思いを黙って受け入れ、母を連れて東京へ向かった。東京には次弟も住んでいる……。

母は、次弟のことがあってからさらに寡黙になり、そして狂暴になっていた。言葉は、あらゆるものに対して牙を剥き出して発せられた。そして、相手の気持ちを推し量ることもなく、強引に自分の気持ちを押し付けるようになっていた。これまでの過ぎ去った歳月は、母の気持ちを和らげるのに何の効果もなかったと言ってよかった。

そのころの私は、そんな状態の母を、母の身辺で起こる日常的な些末事はもちろんのこと、あらゆる面で母の気持ちを気遣いながら、物事を処理し進めていた。私は、私のすべての関心と注意を、母に振り向けていたと言っていいだろう。

東京に着いた晩、私は次弟を呼び寄せた。次弟には、ゆっくりと母に自分の気持ちを語ってもらった。しかし、母はほとんど口を開かなかった。夢遊病者のように上の空で次弟の話しを聞いていた。そして、時々思い出したように末弟の明日の飛行機の到着時間を尋ねるのだった。

次弟には、事情を説明して、もう多くを語らせなかった。次弟にも、母の姿は異常に映っていたものと思われる。もちろん、だれのせいでもないことを注意深く語った。そして、父の一周忌が終わった夏には、予定どおり結婚式が挙げられるよう気持ちの整理と準備をしておくようにと言い添えた。それまでには、母の気持ちも、きっと元に戻るであろう。また、私も陰ながらその努力を続けることを約束して引き取ってもらった。

翌日、アパートへ戻った次弟と上野駅で待ち合わせて、三人で成田空港へ向かった。末弟がローラーの付いた台車に大きな荷物やバッグを乗せて笑いながらロビーへ現れた時、母も私たちも、ど肝を抜かれた。荷物が余りにも大きかったこと、そして、その荷物の背後で、見え隠れする末弟の姿が、どことなく滑稽に映ったからである。しかし、その滑稽な姿が、私たちの間に張り詰めていた緊張を和らげてくれることになったのは幸いであった。

母が、すがるように末弟の所へ歩み寄った。末弟は、笑っていた。私と次弟も笑って歩み寄った。そして、見慣れぬローラーの付いた台車と、余りにも大きな荷物を冷やかした。父の死という共通な悲しみを抱きながら、そして、抱いていることだけで充分であるという静かな了解がなされているような、さり気ない迎えになった。

父のことを語れば、だれもが涙が出てくるはずである。母がはるばる東京にまで迎えに来たことの意味を語らずとも末弟は末弟なりに理解してくれていることであろう。

末弟がジェスチャーを交えながら、盛んに大きな荷物になった理由をユーモラスに語りかけ、私たちを笑わせた。ロビーを出た。それだけで私たちには充分だった。

しかし、やはり母は語らずにはいられなかったのかもしれない。しばらくすると母は、末弟に寄り添って歩きながら独り言のようにつぶやいた。

「父さんを死なせて申し訳ない……」

「一所懸命看病した。頑張ったのだ……」

そんなことを言って、詫びているようであった。

母は、詫びるために東京まで来たのか……。私は実際のところ、その母の言葉を聞いて奇異な感じがした。母から、そのような言葉が発せられることを、まるで予想していなかったからだ。母が東京へ行きたいという理由を語らなかったがゆえに、推測したのだが、このことは含まれていなかった。しかし、考えてみると、母が詫びたいという心情が理解できないわけではない。否、このことこそが、母が東京に来る理由のすべてであったのかもしれない。そんな気持ちに思い至ると母が哀れであった。

末弟は、励ましている母を、逆に笑って励ましていた。話し終えた母は、安堵したのか久しぶりに笑顔を見せた。母は弟に許しを乞うたのだ。母の心に、大きくこのことがのしかかっていたことに、私はやっと気づいたのだった。

思うに、母は他人の気持ちを慮《おもんばか》るに敏感な人であった。私たち息子に対してさえこのことは同じであった。しかし、今は押し寄せてくる悲しみに立ち向かうために、余りにも気負いすぎてしまっている。それは、優しさの感じられない強引な気負いである。極端な「闘争心」のようなものであった。早く、あの優しい母に戻って欲しいと思う。

母も、二人の弟も、このことには気づいていないかもしれない。弟たちには、むしろ気づかれることなくこの時期が過ぎればよいのだ。母と私の間で起こった修羅場にも気づいてはいない。いつでも優しい母であり続けることにこしたことはない。

目の前を歩く二人の弟と、そして母を見ながら、私には悲しみだけでなく、懐かしい記憶が次々と浮かび上がってきた。

母の私たちに対する愛情は、今も昔も全く変わらないのだ。また、私たちの母へ対する愛情と感謝の気持ちも、少しも変わってはいない。しかし、母は年を取った。母と私たちの間には、確実に違う歳月が流れている。私たちの母にかける苦労が、即座に母の苦労になり、喜びになるには、私たちはもう余りにも大人になり過ぎていた。私たちは、母がそうするように母との共通の記憶だけでは、もう生きていけないのだ……。

10

末弟が帰ってきてからの母は、憑《つ》かれたように末弟の世話をするようになった。二人だけの生活がそうさせたのかもしれない。また、母は、元来じっとしていることの苦手な性分であったから、父を失った今、その対象が弟の方へ移っただけのことであったのかもしれない。とにかくも母が、あれこれと忙しげに弟の世話をして身体を動かしていることに、私はほっとした。母の表情からは、未だ厳しさは消えていなかったとはいえ、何か、気持ちを傾けられることが見つけられただけでも、せめてもの母の慰めになるのではないかと思われた。

母は、時折、父の庭に出て草をむしり、父の愛蔵していた盆栽の世話をしていた。父は、旅から旅へのデラシネのような生活の中でも、いつも庭に出て、盆栽の手入れをするのを怠らなかった。否、正確には、どこへ行っても庭を作り、盆栽を作り、花園を作ったと言った方がいいかもしれない。挙げ句の果ては、庭をはみ出して、畑を耕した。耕す畑がない時は、地域の人々から土地を借り受けて野菜の種を蒔《ま》き果樹を植えた。

私が中学生になったころ、父は農家から借り受けた畑に野菜を育てていたが、私の分として、畳一枚ほどの畑を自由に使わせてもらったことがある。私は、そこに見よう見まねで人参《にんじん》を植えて、せっせと世話をみた。収穫の時に父に褒められた嬉しさと、その時の父の笑顔は今でも忘れることができない。

父は、また、盆栽を集めては、自分でセメントを混ぜ合わせて鉢を造り、それに植えて育てていた。そしてその多くは、転勤の度ごとに隣近所の人々や、友人知人に分け与えていた。しかし、手放し難かった幾つかは、父が逝った後のこの庭にも置かれている。この庭は父の庭である。もう何処かへ転勤することもない。退職を間近にして購入した土地と家であった。父はこの庭でも、盆栽を作り、育て、そして池を掘り、桜やつつじ、ホウオウボクや椿などを植えていた。

なかでも、父はマッコウの盆栽が好きで、それは五十鉢以上にもなっていた。私たちが、何かの拍子でその鉢を動かし、方向を変えると、父はすぐにこのことに気づいて、私たちを驚かせた。

父の大切にしていたこれらの盆栽や庭を、弟の世話をみながら手入れをするのが、いつのまにか母の日課になっていた。

そして、このことと同じように、母は父のやっていたすべてのことを父に代わってやろうとしていた。やらねばならないと思っていたのだろう。気を張って、だれにも後ろ指をさされないようにと、無我夢中に、ある意味では鬼気せまるほどの気迫で日々を生きていた。

人間の様々な営みとは別に歳月は容赦なく刻まれていく。残暑が夏と別れを惜しむかのように、断続的に訪れるようになった。そんなころのある日曜日、私は娘の明子の手を引いて、母の元を訪ねた。

明子は、もうすぐ四歳を迎える。父の死と相前後して誕生した明子を、母は異常なほどに可愛がってくれている。

「父さんが授けて下さった子だよ」

母はそう言って明子を抱き締める。その可愛がりようは、時には目に余るほどである。チョコレートやガム等の甘い菓子類はもちろんのこと、ジュース等の冷たい飲み物等も、せがまれるままに、否せがまれもしないのに買い与える。私が怒ると、私に隠れて与えるのだ。

私は明子を、妻との間に挟んで川の字になって眠る時、ふと、父や母のことを思い出す。それはたぶん、妻にとっても同じであろう。私たちもまた、父と母の子であったのだ。明子のように、父と母の間に挟まって、小さな寝息を立てたのだ……。

父を亡くした今、私は頻繁に母の住む家を訪ねた。その日も、父がブーゲンビリアで造ったアーチ型の門を潜った。玄関が開け放たれている。中を覗き、声をかけるが、母の居る様子がない。明子の手を引いて、裏庭へまわる。家の角を曲がって数歩進むと、庭に植えているクロキの木の下にしゃがんで、草をむしっている姿に気がついた。

「父だ！　父さんが帰ってきた」

私は一瞬、わが目を疑った。そこは木の陰になっており、周りの明るさに比べると、暗い陰になっていたからであろうか。その陰の中にしゃがんで草をむしっている母の後ろ姿は、まるで父のように見えたのである。

母は、父の庭で、父の麦藁帽子を被り、父の作業衣を着て、懸命に草をむしっていた。伸び

インパクト出版会

新刊案内 2024 晩秋

113-0033　東京都文京区本郷 2-5-11 服部ビル 2F
☎ 03-3818-7576　FAX03-3818-8676
E-mail : impact @ jca.apc.org
HP　https://impact-shuppankai.com/
郵便振替 00110-9-83148
2024 年 11 月 10 日号
全国書店・大学生協書籍部・ウェブ書店よりご注文できます

「いくさ世」の非戦論

ウクライナ×パレスチナ×沖縄が交差する世界

佐藤幸男［編］　A５判並製　351頁　2500円＋税

戦争をしない、させない。人を殺さない、武器をとらない。戦争に対峙する精神を再考し、歴史の苦悶を「現在」の閉塞状況に接続させながら、植民地主義暴力を衝く思想を！　板垣雄三／佐藤幸男／小倉利丸／豊下楢彦／親川裕子／星野英一／松島泰勝／上地聡子／野口真広／小松寛／石珠熙

24年10月刊　ISBN 978-4-7554-0352-1

袴田さん再審判決・死刑廃止へ

年報・死刑廃止2024

年報・死刑廃止編集委員会［編］　A５判並製　235頁　2300円＋税

9月26日、静岡地裁で袴田事件再審判決公判があり、袴田巖さんは完全無罪判決を勝ち取った。無実を叫びながら48年獄に囚われ精神を病み、2014年に再審開始決定が出て釈放されたが検察の抗告で裁判が始まったのは昨年秋だ。袴田さんは88歳。酷すぎるこの国の再審法と死刑制度を考える。

24年10月刊　ISBN 978-4-7554-0353-8

赤軍　遺族への手紙

江刺昭子 編　四六判並製 311 頁
税
月刊　ISBN 978-4-7554-0348-4

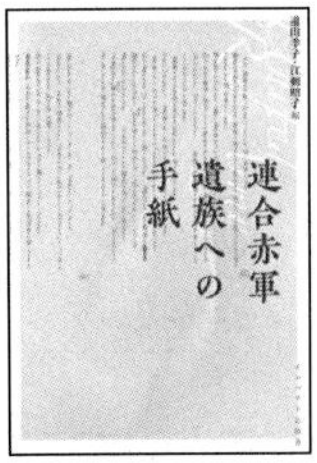

経て発見された歴史的書簡集。娘を
母の激しい怒りに直面し被告たち
見つめ直し、遺族たちに向き合う。
、森恒夫、植垣康博、吉野雅邦ら連
件の多くの被告たちからの事件直
。

だったかもしれない

赤軍派女性兵士の 25 年

江刺昭子 著　四六判並製 313 頁　2000 円＋税
22 年 5 月刊　ISBN 978-4-7554-0319-4

1972 年 1 月、極寒の山岳ベースで総括死させられた遠山美枝子。彼女はなぜ非業の死を遂げなければならなかったのか。当時の赤軍派メンバーや、重信房子らを取材し、これまでの遠山美枝子像を書き換える。【好評２刷】

命市民の日本風景

伸英 著　四六判並製 320 頁 2800 円＋税
年 3 月刊　ISBN 978-4-7554-0346-0

シコに暮らす著者が、国境の深みから現
本の社会と思想を照射する。第１章　平
義の再構築へ／第２章　日本のイメージ
3章　国籍について／第４章　大学解体
と／第５章　時間と空間の交差の中で／
章　闇の音

カマル

森を歩き、言葉が紡いだ物語

新里孝和 著　四六判上製 342 頁　1800 円＋税
24 年 10 月刊　ISBN 978-4-7554-0350-7

カマルはアラビヤ語で月を表す。かつて人々は、陰暦を用いて自然の中で生きてきた。この作品は、少女「カマル」を主人公にして、人びとのくらし繋がる自然や、森や生きとし生けるものの生や死の様を魂《まぶい》の容《かたち》に著した物語。著者は、沖縄の森林研究第一人者。

追悼・田中美津

かけがえのない、大したことのない私

田中美津 著　24 年 5 月増刷出来【好評 4 刷】
四六判並製 356 頁　1800 円＋税
ISBN 978-4-7554-0158-9

名著『いのちの女たちへ』を超える田中美津の肉声ここに！
田中美津を知ると元気と勇気がわいてくる。解説・鈴城雅文

［目次］１章・火を必要とする者は、手で掴む／２章・身心快楽の道を行く／３章・花も嵐も踏み越えて／４章・馬にニンジン、人には慰め／５章・〈リブという革命〉がひらいたもの／６章・啓蒙より共感、怒りより笑い　ミューズカル〈おんなの解放〉

土地の力が生んだ珠玉の作品集

大城貞俊未発表作品集

23 年 10-11月刊　各 2000 円＋税

第一巻　遠い空

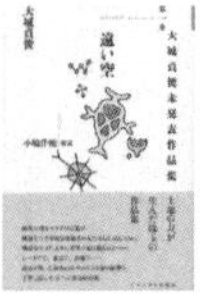

四六判並製 416 頁　ISBN 978-4-7554-0337-8
遠い空／二つの祖国／カラス（鳥）／やちひめ／十六日／北京にて
解説・小嶋洋輔

第二巻　逆愛

四六判並製 404 頁　ISBN 978-4-7554-0338-5
逆愛／オサムちゃんとトカトントン／ラブレター／樹の声／石焼き芋売りの声／父の置き土産
解説・柳井貴士

第三巻　私に似た人

四六判並製 442 頁　ISBN 978-4-7554-0339-2
私に似た人／夢のかけら／ベンチ／幸せになってはいけない／歯を抜く／東平安名岬／砂男
解説・鈴木智之

第四巻　にんげんだから

四六判並製 416 頁　ISBN 978-4-7554-0340-8
第Ⅰ部　朗読劇　にんげんだから／いのち—沖縄戦七十七年　第Ⅱ部　戯曲　山のサバニ／じんじん～椎の川から／でいご村から／海の太陽／一条の光を求めて／フィティングルーム／とびら
解説・田場裕規

明日は生きてないか
……とい

田中美津 著　四六判
1800 円＋税　19 年
ISBN 978-4-7554-02

「田中美津は〈人を自由
ている」（竹信三恵子）。

越えられなかった海

女性飛行士・朴敬元（パク
加納実紀代 著 池川玲子 解
四六判並製 326 頁 3000 円
23 年 6 月刊　ISBN 978-4

1933 年 8 月伊豆半島で墜死
行士・朴敬元。民族・女性差別
自己実現を希求した朴敬元に
な調査の元に彼女の生涯を描
川玲子、加納実紀代年譜

Basic沖縄戦　沈黙に向

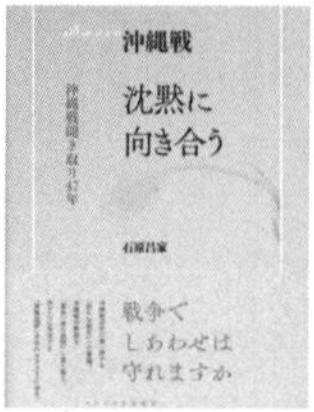

石原昌家 著　B5 判変形並製
2800 円＋税
23 年 8 月刊　ISBN 978-4-7

沖縄戦の次世代への継承をテ
球新報」連載に大幅加筆。ガ
平和の礎、沖縄県平和祈念資料
題、歴史修正主義などについて
戦研究者が解き明かす書。【好評

広島　爆心都市からあいた

「ジェンダー×植民地主義交差点としてのヒロシマ
高雄きくえ 編　A5 判上製 429 頁　3000
22 年 11 月刊　ISBN 978-4-7554-0326-

月よわたしを唄わせて

"かくれ発達障害"と共に37年を駆け抜けた「うたうたい
あする恵子 著　A5 判並製 583 頁　3500 円
22 年 11 月刊　ISBN 978-4-7554-0325-5

新装改訂版　沖縄戦場の記憶と「慰

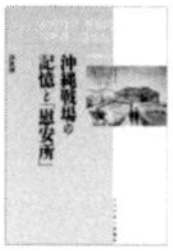

洪 玧伸《ほんゆんしん》 著　A5 判上製 503 頁　3800
22 年 10 月刊　ISBN 978-4-7554-0323-1

連合

遠山幸子
2500 円
24 年 8

半世紀を
殺された
は事件を
永田洋子
合赤軍事
後の肉声

私た
ある

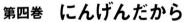

亡

山端
24 年

メキ
代日
和主
／箕
のあ
第 6

土地の記憶に対峙する文学の力
又吉栄喜をどう読むか

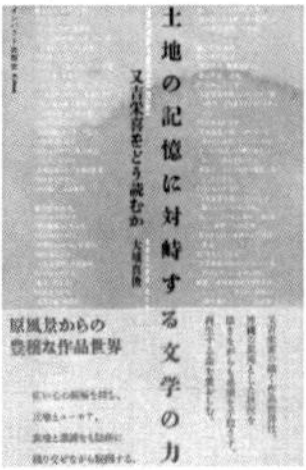

大城貞俊 著　四六判並製 307 頁 2300 円＋税
23 年 11 月刊　ISBN 978-4-7554-0341-5

又吉栄喜の描く作品世界は、沖縄の混沌とした状況を描きながらも希望を手放さず、再生する命を愛おしむ。広い心の振幅を持ち、比喩とユーモア、寓喩と諧謔をも随所に織り交ぜながら展開する。

琉球をめぐる十九世紀国際関係史
ペリー来航・米琉コンパクト、琉球処分・分島改約交渉

山城智史 著　A5 判上製 351 頁 3000 円＋税
24 年 2 月刊　ISBN 978-4-7554-0344-6

一八五四年にペリーが琉球と締結した compact の締結までの交渉過程を明らかにし、米国からみた琉球＝「Lew Chew」の姿を実証的に解明。日本・清朝・米国の三ヶ国が抱える条約交渉が琉球処分と連動し、琉球の運命を翻弄する。

3・11 後を生き抜く力声を持て
増補新版

神田香織 著　四六判上製 311 頁 2000 円＋税
23 年 11 月刊　ISBN 978-4-7554-0342-2

世の中はあきれ果てることばかり。でも、あきれ果ててもあきらめない。つぶやきを声に、声を行動に移しましょう。訴えは明るく楽しくしつっこく。神田香織が指南します。増補『はだしのゲン』削除にもの申す」

摂食障害とアルコール依存症を孤独・自傷から見る

鶴見俊輔と上野博正のこだまする精神医療

大河原昌夫 著　四六判並製 378 頁 2300 円＋税
23 年 11 月刊　ISBN 978-4-7554-0343-9

摂食障害と薬物・アルコール依存は家族と社会の葛藤をどのように写しているのか。恩師と仰いだ二人の哲学者、精神科医の語りを反芻しながら臨床風景を語る。

サハラの水　正田昭作品集

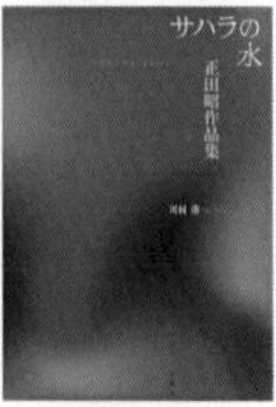

正田昭 著・川村湊 編　A5 判上製 299 頁
3000 円＋税 23 年 8 月刊
ISBN 978-4-7554-0335-4

「死刑囚の表現展」の原点！代表作「サハラの水」と全小説、執行直前の日記「夜の記録」を収載。長らく絶版だった代表作の復刊。推薦＝青木理「独房と砂漠。生と死。両極を往還して紡がれる本作は、安易な先入観を覆す孤高の文学である」。

昭和のフィルムカメラ盛衰記

菅原博 著・こうの史代 カバー絵
B5 判並製 123 頁　2500 円＋税
24 年 3 月刊　ISBN 978-4-7554-0347-7

安いけれどすぐに故障するという日本のカメラの悪評を、精度向上とアフターサービスで克服し、カメラ大国を作り上げた先人たちの努力の一端とフィルムカメラの発展過程を描く。

レッドデータカメラズ

昭和のフィルムカメラ盛衰記

春日十八郎 著 こうの史代 カバー絵
B5 判並製 143 頁　2500 円＋税
22 年 7 月刊　ISBN 978-4-7554-0322-4

デジタルカメラに押されて絶滅危惧種となったフィルムカメラ。3500 台のカメラを収集した著者がタロン、サモカ、岡田光学精機、ローヤル、ビューティ、コーワ（カロ）など今は亡きカメラ会社の全機種をカラーで紹介する。

ペルーから日本へのデカセギ30年史

Peruanos en Japón, pasado y presente

ハイメ・タカシ・タカハシ、 エドゥアルド・アサト、樋口直人 、小波津ホセ、オチャンテ・村井・ロサ・メルセデス、稲葉奈々子、オチャンテ・カルロス 著
A5 判並製 352 頁 3200 円＋税
24 年 2 月刊　ISBN 978-4-7554-0345-3

80 年代日本のバブル期に労働者として呼び寄せられた日系ペルー人。30 年が経過し、栃木、東海３県、静岡、沖縄など各地に根づいたペルーコミュニティの中から生まれた初のペルー移民史。スペイン語版も収録。

きった草をむしり、そして、父の植えた大きなつつじの木の盆栽を丁寧に眺めては、一人撫でるように、その鉢の手入れをしていた。

私は、明子を抱きすくめた。母の後ろ姿に、父が生き返ってきたような異様な緊張感を覚えたからだ。やがて父でないと悟った瞬間から、同時に、あの病室で父と母が抱き合うようにして「ふるさと」の歌を歌っていた光景を思い出した。母の後ろ姿は、紛れもなくあの時の母の姿であった。

明子が、抱きすくめられていることに我慢できずに足をばたつかせた。

「ばあちゃーん」

大きな声で、ばあちゃーんと呼びかける。その声とほとんど同時に母が振り向いた。

「明子ーっ」

母が笑顔を浮かべて返事をした。

明子が駆け寄って行く。母が背筋を伸ばして立ち上がり、明子の元へ歩み寄る。

木の陰から出てきた母の姿は、明るさの中で一瞬消えたかと思うと、玉のような汗をかいた顔で、再び私の目の前に立ちふさがった。

第2章　母の庭

1

母の瞼《まぶた》は鶏のとさかのように醜《みにく》く垂れ下がっている。ぶよぶよと皺くちゃに膨らんで生気がなく、まるで皮だけが目の上まで押し寄せてきて、ぴくぴく動いているように見える。右の瞼の上には黒いほくろがあって、その中央部から老いた白髪が三本長く突き出ている。それが一層老醜を感じさせる。

母は醜く老いている。私は思わず視線を逸《そ》らす。なす術もなく、ぼんやりと母の老いを見つめている自分が情けない。

母の白髪は、もうほとんど髪全体に広がっている。額から耳の前の鬢まで、顔を縁取る頭髪の生え際は、確実に白髪に変化し、頭部の頂上の部分だけがわずかに胡麻塩になって残っている。それがかえって不潔な印象を与える。

額の皺《しわ》は、左目の上の方が険しく吊り上がり、右目の方へ向かって斜めに走っている。左頬に一つ小さなほくろがある。頬は、ふっくらと膨らんだというよりも、老いを支えきれなくなって、表面の皮膚が皆垂れ下がってしまってブルドックのように顎の下まで余分な皮膚が落ち込んできたという方が、より正確な描写かもしれない。

母の顔を、このように間近で見るのは初めてのような気がする。母の近くにいても、母の顔を見てはいなかったのだ。否、見ようとしなかったのではなかろうか。そんな思いに襲われて愕然とする。

あるいはひょっとして、私は、母の何ものをも見てこなかったのかもしれない。母の人生、母の悲哀、母の寂しさ……。それらのものすべてを胡散臭《うさんくさ》く思い、邪険にあしらったのではなかろうか。たとえ、私は私自身にこそ最も関心があったとはいえ、母の優しささえ押し付けがましいと、不愉快な顔で母の愛情を拒んできたのではなかったか……。

私の脳裏を微かな後悔がよぎる。母が、これほどまでに老いた顔を持っていようとは、思いもよらなかった。再び目を逸らして窓を見る。

「ビールを注文しようか?」

母が華やいだ声で私に尋ねる。私はいつものように即座に断ってしまう。やはり、私の言葉は投げやりで、ぶっきらぼうだ。母は、紫色の小さくなった唇を強く咬む。

しかし、ビールを飲むわけにはいかないのだ。これから職場へ戻らなければならない。それにまだ昼の十二時を過ぎたばかりだ。このことは、母にも何度も言ったばかりだ。

母は、頬をぴくぴく動かしながら私を見る。私がビールを断ったので明らかに不機嫌になっている。いつもそうだ。今日も嫌がる私を無理矢理にレストランに連れてきた。こちらが断るものなら即座に不機嫌な顔を見せる。それが分かるものだから、私は早く帰らねばならない自分の都合を棚上げにして一緒に来たのだ。老いた無職の母が、私に食事を驕るというのも変な話だが、母はこのことを無上の喜びとしている。何度も何度も無下に断るわけにもいかない。

レストランに入ると、母は、私に一番高いものから注文しなさいと言う。このことだっていつでもそうだ。母の意に反して、簡単なものや安いものを注文すると、とたんに不機嫌になる。こちらの都合などお構いなしだ。

ビールを断ったことで確実に不機嫌になった母の横顔を見ながら、できるだけ母の機嫌を取り直すように話をする。

「母さん、これで、もうなんの心配もいらないからね。あとは東京の共済会本部のほうから名護支所のほうへ連絡がいくことになる。母さんは安心して待っているだけでいいよ」

「有り難う、有り難うね。でも本当に名護支所まで行かなくてもいいのかね」

「大丈夫、行かなくてもいいよ。名護支所のほうから母さんへ連絡があるから、その時行けばいい。もしそれほど心配なら名護支所のほうへ、もう一度電話を入れて自分で確かめるといいよ。このことも先方に伝えてあるからね」

母は、まだ不安そうな顔をしている。いや、もうすっかり安心したはずなのに、先刻ビールを断ったので浮かれた顔が作れないのだろう。少なくとも、私の説明を半分以上は理解し、半分以上は不安をぬぐい去ったはずだ。

母は、七年前に父が亡くなってから、遺族年金を貰って生活している。ところが先日、支給を停止するかもしれないという通知がきた。母は、うろたえ、わけが分からなくて慌てて私の所へ連絡してきた。通知を読むと、住所の変動や受け取り人の存命を確認するための「身上報告書」の提出をしなかったがための通知状である。

一昨年、母は十年余も住み慣れた浦添市の茶山団地を売り払い、長男の住む金武町へ身を寄せた。それは私たち兄弟姉妹の皆が望んだことだった。もちろん母も喜んで私たちの希望を受け入れてくれた。その引っ越しの忙しさに紛れて、「身上報告書」の提出をしなかったのだ。茶山団地に住んでいる時は、私が母と一緒に市役所へ行き、年に一度のその手続きをとっていた。金武町へ移ったら兄へやってもらうようにと強く言っていたのに、それをしなかったがためだ。

私は、事の顛末を東京の共済会本部へ電話を入れて説明をして詫びた。そして、再び郵送してもらった「身上報告書」の書類が届いたという連絡があったので、今日は、届いたその書類へ必要事項を記入し、金武町役場で必要な証明をもらった後、共済会宛てにその「身上報告書」を郵便局で投函したのだった。

注文した定食が運ばれてくる。母は、ウエイトレスへ愛想笑いを浮かべて二言、三言お世辞を言う。聞いていてこちらが恥ずかしくなるような歯の浮いたお世辞だ。私のほうは母の振る舞いにだんだんと不機嫌になる。その思いを必死に堪えて箸を握る。

母は、もぐもぐと口を動かし箸を動かしては、いつものように自らの膳の上にある刺身やおかずや豚肉などを私の皿に載せてくる。私はこのことが、いつも嫌で嫌でしょうがない。しかし、母は何度言っても改めてはくれない。私は、今日も見て見ぬ振りをして、わざとそれらの品々を食べずに皿の上に残す。母の私に対する愛情からの行為である。それは分かっているが、押し付けがましいその行為が不愉快でたまらない。

「ビールを注文しようか?」

「いらないって言ったでしょうが……」

母の再びの問いかけに、私の言葉は、以前にも増して投げやりになる。

「今日は、これから職場に戻るの。運転もしないといけないの。だからいらないの!」

「そうだったね。車を運転するんだったね。ごめんね。……お金が入ったら、また食事を驕るからね」

また食事なんか驕らなくてもいい。私は大丈夫。今度こそお金を大切にして無駄遣いをしないで欲しい。友人や叔母さんなどからお金を借りずに、迷惑をかけないようにしっかりと自分のことをやって欲しい。喉まで声が出かかるが我慢して飲み込む。

母は金銭にだらしがなく、湯水のように使う。今日の食事だって驕ってもらわなくていいのだ。かえって私にとっては有り難た迷惑なのだ。これ以上、母を憎みたくないし、母に不愉快な思いをさせたくない。

しかし、母は食事をしながら、今度は兄嫁への愚痴をこぼし始める。いつもそうだ。そしていつものようにハンドバックから四、五年間も使いふるした黒い汚れた手帳を取り出す。母の「閻魔帳」だ。ここ数週間、鬼の首を取ったかのように得意になっている手帳の頁を、指先を舐め舐め、めくり始める。いったい母は何を思い、何を考えているのだろう。

「あれのお母は、顔は奇麗が心は汚い。私なんか、何度も泣かされたんだよ。そう言うんだよ、おじいとおばあが、やって来てさ」

あれとは兄嫁のことだ。

「おじいとおばあが来たの？」

「来たんだよ、私を慰めるためにさ」

母の言葉につい反応してしまう。母が言うには、兄嫁の実家の祖父母がやって来て、自分を慰めてくれた。祖父母は、あの母子はたいへんな人たちだよと言う。自分は、祖父母が言ったことを忘れないようにと、祖父母が帰った後、すぐ手帳に書いたから間違いはないという。

「今日も、嫁には内緒でおじいと二人で来た。あれの子どもだからあんたもきっと泣かされているのではないか。そう思って心配して慰めに来たんだよって」

今度のあれは、兄嫁の母親のことだ。

母は、兄嫁の祖母の言葉に、我が意を得たりと、その手帳をいつも私に見せびらかして兄嫁の悪口を言う。

なるほど、母の言うとおり兄嫁の実家にも嫁と姑の確執はあるのかもしれない。しかし、半分以上は母の作り話だろう。兄嫁の祖父母はあの事件のことで謝りたかったのだろう。それを母は、自分の都合のいいように捏造しているのだ。

母は確実に変わった。何が母を変えたのだろう……。

私の問いかけに、意をよくして一頻り話し終えると、母は脚を投げ出し、短い肌色のストッキングを降ろして両手で盛んに揉み始めた。湿布薬をベタベタと貼り付けている脚からは湿布薬の強い匂いが発散している。

母は、たぶん私の同情を買うために、痛そうに顔をしかめて擦り続けているのだろう。私は見ない振りをする。ちらちらと視線に入る母の足の指は、象の足のように皺が厚く幾重にもめくれ上がっている。爪の周囲には垢が溜って、黄土色に変色している。長く伸びてもいる。長いこと切ったことがないのだろうか。割れた爪もある。肌色の湿布薬が下卑た印象を与える。父を亡くしてから母は、すべてにだらしがなくなった。もうすぐ古希を迎えるが、余りにも早く老いすぎる。

母の指先から、目を逸らして窓を見る。大きく開いたガラス窓からは、明るい陽光が差し込んでいる。前方には金武湾が広がっている。明るい初夏の海の上を、サバニ（小舟）が一艘、沖へ沖へと遠ざかって行く。銀色の油を流したような長い曳航がきらきらと光って、墨絵の世界のように静かである。

2

「殺される！　私は殺されるんだよ！」

母が、そんなふうに真顔で話をした時は驚いた。もう駄目だなと思った。これ以上兄夫婦と一緒に生活するのは危険だ、取り返しのつかないことになるのではないか、と気が気でなくなった。母は、「嫁に殺される」と言ったのである。

母の話によると、自分は黒砂糖が大好きなので、それを日頃から菓子箱に入れ、おやつにして食べている。が、その黒砂糖に、嫁が自分を殺そうとして毒を塗った。口に入れて一瞬異様な味がしたので、すぐに吐き出したので大事には至らなかった。もう、自分は我慢ができない。それが母の言い分だった。

もちろん、兄嫁が母を殺すために、黒砂糖に毒を塗るはずがない。母の被害妄想である。しかし、このことを真顔で話す母を見て笑えなくなった。背筋を走る冷たい戦慄を覚えた。母は話し終えると、ほとんど緊張のために泣き出さんばかりである。

母が兄嫁に対して、このような過大な被害妄想を抱くようになった理由は、いくつか考えられる。しかし、それは考えられるということであって、まさかそのようなことを言い出すとは思いもよらなかった。その引き金になったことの一つは、兄嫁の実家で起こった例の事件であったことは間違いない。

事件というのは、兄嫁の実家で土地の使用を巡ってのもめごとがあり、父親と息子が、酒の酔いで、激しく言い争った。兄嫁は長女で、その下に弟二人、妹二人の五人姉弟である。息子との口論でカッとなった父親が、台所から庖丁を握りしめたのを見て、慌てて仲裁に入った兄嫁に、酔って足をすべらして兄嫁に凭《もた》れかかった父親の庖丁が、あいにく兄嫁の右脇腹に突き刺さったのである。この事件が実名で新聞に報道された。母は、この事件に驚くほど激しい怒りを表したのである。

私はすぐに、母と連れだって兄嫁を見舞いに行った。病院の待合室には、私たちと同じように見舞いにやって来ていた兄嫁の親戚や家族の者たちが心配そうにうつむいていた。母は、その人々を一瞥して、激しく罵ったのである。

「私の嫁をどうしてくれるんだ」

「こんなことをして、ただで済まされることではないよ」

「嫁に万一のことがあったら、なんとする」

たぶん、このような言葉であったはずだ。

母の声は、病室内であるにもかかわらず、無遠慮に辺りに響き渡った。母の激しい剣幕に居あわせた者は皆、度肝を抜かれてしまった。もちろん、私も驚いた。先方の親戚家族は、気の毒な程、身を竦めて母の怒りを黙って聞いていた。

母の怒りは、先方からすれば、嫁思いの優しい姑の、やむにやまれぬ感情の爆発というようにでも映ったのだろう。私も、当初は、なぜ母がそのように激しく怒るのか、合点がいかなかった。なぜなら、母は兄嫁を激しく憎む言葉を発し続けていたからだ。

しかし、やがてその怒りは、兄嫁を庇《かば》う怒りではないことが徐々に分かってきた。兄嫁の身体を気遣って怒ったのではなく、自己の対面を傷つけられたことに対する兄嫁を含めた家族親戚への激しい怒りであったのだ。

この理由はまたしても父である。父の死後、頑なに守ってきた家族の誇りを傷つけられたことに対する怒りである。つまり、刃物沙汰を起こすような家から嫁をもらったことが世間に知れ渡ったことで、父の名誉が傷つけられ、己の努力が踏み躙られたと母は思ったのである。

母は、知人や友人、そして親戚の者から事件が掲載されている新聞を読んだといって見舞いの言葉をかけられる度に、決まって極端に不機嫌になった。否、激高して周りの者たちへ当たり散らした。それは、兄嫁はもちろん、その嫁をもらった長兄への怒りにもなり、またその怒りは私たちにも向けられた。

兄嫁が二か月近くの入院生活を終えて退院してからも、兄嫁の身体を気遣う素振りを見せる一方で、同時に、それ以上に激しい皮肉を浴びせて罵った。それは、兄嫁を家から追い出そうとしているのではないかとさえ思われる程の無遠慮なものだった。それが、私たちには何よりも辛かった。

兄嫁が退院してから、数か月後に、兄嫁の家族親戚が不祥事を詫びに母の元へやって来た。兄からの呼びかけもあって私もその場へ同席することにした。彼らの誠実さが、私にはたまらなく過分な礼儀にさえ思われたが、案の定、母は容赦はしなかった。事件の当事者となった父親を始め、親戚の皆が迷惑をかけたと一斉に手をついて謝るその頭ごしに、母は辺りを威圧するような声で嫌味をたっぷりと言い放った。私と兄は恐縮し、非礼を詫び、母の気持ちをほぐすのに汗だくになった。

母はそれ以後も、明らかに兄嫁のことを悪し様に言い、傷つけるような言動を改めることがなかった。このことで、私と母との間で何度も口論になった。

兄夫婦には、小学校の六年生の娘を筆頭に、三年生の長男、そして幼稚園に通っている次女と三人の子どもたちがいた。だれもが大切な時期であったが、明らかに害を被っていた。

「おばあちゃんは、いつでも怒りっぽく、苛立っていて自分たちの母親に辛く当たっている……」

そんなことを自然に感じ取っていた。

母は、それがために自らの傍らを離れていく孫たちにさらに苛立ち、怒りをぶつけた。暴言を浴びせ、物差しで周りにある調度品を叩いた。それを見ていられなくて、母を、私の家へ強引に引き取った。

しかし、私の家にもまた私以外に妻と三歳になったばかりの娘がいた。母は、私の娘に殊に目がなかった。父の死後に授かった私の娘を、母は長いこと子どもに恵まれなかった私たちへの父の贈り物だと言って、猫可愛がりした。その可愛がりようは度を過ぎていた。甘いお菓子を与え過ぎるし、冷たい飲み物を与え過ぎるし、オモチャは高価なものを望みもしないのに買い与えた。さらに毎晩のようにレストランに誘い、断ると明らかに不機嫌になった。私たち家族は、家で落ち着いて食事をする時間さえなくなった。

私たちはともかく、しだいに娘への教育的な影響が心配になってきた。気にすると母の行動の一つ一つが気になった。身体を横に向けて食事をとる姿勢、金銭の浪費癖、店屋物の衝動買い……。妻は、母の行為が娘に与える影響の一つ一つに神経をすり減らした。私も、母と妻との間に挟まって難儀をした。最初に妻が悲鳴を上げた。母と長く一緒に住むことは断念せざるを得なかった。

次弟は東京に住んでいた。末弟は結婚後、夫婦揃って母と一緒に住むという自らの思いを実行したが、既に失敗していた。長姉は沖縄市で小さな飲食店を経営していたが、一日中忙しく、とても母の面倒を見る余裕などなかった。次姉は長男の家に嫁し、すでに老いた姑を抱えていた。

やはり、母は兄の家族と一緒に住むことが一番いいように思われた。母の気持ちの持ち方一つで楽しい生活が送れるはずだ。できないはずはないこのことが、母にはなかなかできなかった。

ある時、母と二人きりになった自家用車の中で、兄や兄嫁への余りの苦言のひどさに、思わず尋ねたことがある。

「母さんは、いったいどうしようというの？　義姉《ねえ》さんと兄貴を離婚させたいとでも思っているの？」

そのように問うた後、ふと不安がよぎった。

母は即座に答えた。

「そうだよ。離婚させたいと思っているんだよ」

私はその答えに、どぎまぎした。予感が余りにも見事に的中してしまったからである。しばらくの間、返す言葉が探せなかった。この質問は禁句にしておけばよかったという後悔と、やはり母はそのように思っていたのかというショックが交錯した。やっとの思いで自分の言葉を取り繕うようにして言い返す。

「でも、兄貴たちには三人の子どもがいるからね」

「三人の子どもは、私が引き取って立派に育ててみせる。むしろ、あんな母親よりも私に育てられたほうが子どもたちにとっても、ずっといいに決まっている」

まるで、取り付く島がない。母には母の理屈があるのだろう。しかし、その理屈が一方的であることを何度言っても分かってくれない。母のことが胡散臭くなってくる。母へ対する憎しみが頭をもたげてくる。母は老いてしまった。しかし、老いですべてが許されるわけではない。母のことでどれほど周りが気遣い苦労をしているか。私たち子どもだけならまだよい。私たち子どもだけが憎しみを買うのならまだよい。しかし母は、周りのすべての人々へ一方的に自分の価値観や行為を押し付けていく。兄嫁だけではない。他の三人の嫁たちも、母の一挙手一投足に怯えている。母は、さらに姉婿たちへさえ容赦をしなかった。私たち兄弟姉妹も、母のことで意見が別れ、険悪な状態になることも多くなってきた。だれもが、母を愛し、家族を愛していたからだ。

私たちは、どうすれば母の気持ちを解きほぐすことができるかと、智恵を絞り、善後策を話しあった。しかしどのような努力も、母の前では水泡に帰した。

兄嫁の祖父母が母を見舞ったのは、そんなころであった。老いた祖父母が息子の非礼を詫びに来たのであろう。母をなだめるためには、あるいは息子や嫁のことをも悪し様に誇張して言ったかもしれない。しかし、このことは母にとって逆効果になった。兄嫁を攻撃する格好の材料になったのである。母は、逆にそのような息子や嫁から生まれた娘であるからこそ、道理を解さず姑にたてつく不埒な嫁として確信したのである。母の兄嫁に対する一方的な思い込みはますます激しさを増した。

私は、できるだけ数多く兄家族の住む金武町へ出掛けて行くことにした。母の兄嫁に対する気持ちを和らげ、幼い甥や姪への理不尽な仕打ちが不安になり、そして兄夫婦への理解を態度で示してやることが私にできる精一杯のことであったからだ。もちろん、私たち家族が金武町を訪ねることを、母は満面の笑みを浮かべて迎えてくれた。

私は、母の上機嫌なのを見計らっては、機会あるごとに母の兄嫁に対する態度や考え方を改めさせようと、やんわりと母の態度を戒めたが無駄だった。母は、自分の行為が絶対に正しいと信じて疑わなかった。母のどこにそのような頑固さが潜んでいるのだろう。考えられることは、やはり父の死後、自らの手でこそ我が家を守っていかねばならないという強い自負心や気概であった。

3

父が他界してからの十年間に、母はすっかり変わってしまった。

母は、何でも父まかせの人であった。しかし、父の死後は、「家庭の人」であった母が、あらゆることを父に代わって行わなければならなくなったのである。

母は、銀行一つろくに行けなかった。もちろん、役所等で行われる諸手続は、全くお手上げであった。実際私は、葉書一枚に書き込まれた電話料金の請求の意味を説明し、その支払いに付き添って、職場を休んだことさえある。

「デージナットゥン（たいへんなことになった）。すぐに来てちょうだい」

母は、いつも電話で泣き出さんばかりの狼狽ぶりなので、出掛けないわけにはいかなかった。母は、兄家族と暮らす前は、父の残した家で一人で数年間生活していたのである。

母と父は、その土地土地で、五年ごとに根無し草のような借家住まいの生活をしてきた。浦添市の茶山団地に土地付きの分譲住宅を購入したのは、退職後の将来に住むためにと、また同時に大学に通学していた私と次弟のアパート替わりにという思いがあり決断があった。

しかし、そこでの父と母の生活は、父の死を迎える晩年の三年間だけであった。ほとんど北部の田舎で暮らしてきた母には、父の死後に体験することは、何もかもが初めてのことが多かった。そして、そこは充分に母にとって都会の生活であった。

父と母が茶山団地に移り住んだ年に、私は大学を卒業し結婚した。そして茶山団地を出て、結婚した妻を一人首里に残し、本島北部のH高校へ赴任した。次弟は東京の大学へ、末弟は米国の大学へ留学していた。兄は金武町で薬局を構え、二人の姉は嫁ぎ、沖縄市と宜野座村に住んでいた。

父が入退院を繰り返していたその時は、ちょうど私たちのだれもが、常時父を看病するには遠い距離にいた。茶山団地には父と母の二人だけが残され、そして多くは母が病院に詰めて看病をした。もちろん、そんな中でも、私たちはできるだけの努力をした。父と母を見舞い、皆がそれぞれに励まし合った。

しかし、私たちの努力は充分であったとは言えなかったかもしれない。父の死を思うと、無念の思いを禁じ得ない。私たちは、だれもが当初、頑強な父の死を予測できなかったのだ。

父の病は入院後、あっという間に悪化した。今にして思えば、これまで耐えていたものが一斉に噴き出してきた感があった。私たちがこのことに気づいた時には、父はもう病に一方的に押しまくられ、防戦だけを強いられていた。

私たちは、急いで父と共に闘うことを決意した。見舞客ではなく、輪番表をつくり、皆で看病に当たった。当時の『看護日記あるいは連絡ノート』と標記されたノートは、次のような書き出しから始まっている。

　このノートは、父さんの全快を祈念して看病者全員で記すものである。私たちは先日、父さんや母さんの苦しみを少しでも分かち合うために輪番制で看護をすることを決定した。看病者全員とは、すなわち私たちのことであり、各人がそれぞれスムーズに看病に入れるようにするためにこのノートはある。

それぞれの当番の時に聞いた「一、医者の指示　二、看護師の指示　三、父さんの容体の変化　四、来訪者　五、その他」など、些細なことでもよいから記入して連絡しあい、早く、正確に、皆が父さんの容体を理解できたらと思う。

私たちは、もう見舞客でなく、看病者であり、また父さんと同じ病をもつ患者でもあるのだ……。

一九七七年十月十九日

4

父が逝去する一九七八年一月一日まで、『看護ノート』には、私たちの思いがびっしりと書き込まれる。私たちの必死の願いは実らなかったが、しかし、今読んでも鮮明な記憶を喚起する。例えばそのいくつかは次のように記されている。

十月二十日（木）（S）

六時過ぎに病院へ着く。ちょうど熱が下がったところで小康状態。薬に頼らずに自力で熱を下げたとのことで嬉しそう。

七時頃K医師来室。「食事はたくさん摂れましたか」「明朝、大便、たんの検査があります」

八時十五分、K医師再来室し、採血。

来訪者六時、寄宮の伯父さん。「オバアガ、シワスクトゥ、ケエライ。(おばあが、心配するので、帰るよ)。ヤアガ、ノーイイネエ、酒ン、マアササ……(お前が良くなると、酒もうまいんだがなあ)」

朝六時、小用で夜中に三回、目を覚ます以外はぐっすり眠れたようだ。熱は、三十八度前後。三十七度まで下がったが、八度以上は上がりもせず、七度以下には下がりもせず。汗はあまりかかない。いつものように九度以上にはならないのだが、八度以上の熱がこんなに長く続くと心配だ。

十月三十一日(月)(Y)
今日、胆囊映像、胸部レントゲンの検査あり。本人は、検査の度に何か文句を言っているようだ。多分、検査疲れのせいだと思う。病いは根気よく治療を続けなければならない場合が多いので、医者の指示に従い、忍耐強く治療を続けるように励ますこと。全身の抵抗力を衰えさせる病気があると皮膚病も起こりやすく感染も早いので皮膚の異常に留意すること。

昼間は、微熱であったがだいぶ気分は悪そう。夕方五時ごろから寒気を催し、さらに気分が悪そうであった。食欲もなし。

薬は与えられた分（数量は多いが）、必ず服用するようにとのK医師からの指示あり。念のため、薬の名前と効用を記す（経口投与分のみ）。

ダーゼン……………酵素消炎剤＝のどの痛み、はれ、たんの除去。

ビソルボン…………同右。

エサンプトール…抗結核治療薬。

プレドニン………副腎被質ホルモン（抗悪性腫瘍剤）。

アルミゲン………胃潰瘍。

メサファリン……胃潰瘍。

リファジン………抗結核治療薬（朝食前一回一カプセル）。

午後二時、筋肉注射二本。

二時十分＝三十六度四分。六時二十分＝三十八度。

八時五分＝三十九度。九時四十分＝三十八度七分。

十一月三日（木）（T）

十二時に母と交替する。今日は熱もなくたいへん気分がいいようだ。リンゲルを外していたのでどうしたのかと尋ねると、「左手に針を移したのだが、手首と指先に激しい痛みが走ったのでしばらく外してもらってある」とのこと。

午後一時、右手にリンゲルを取り付ける。

二時、取り付けた右手指先に激痛、看護師を呼んでくる。取り外して手の甲から手首に移す。痛みもやわらぎしばらく眠る。

四時、熱三十六度五分。ひげを剃ってやる。

五時、Sおばさん来訪、T夫妻来訪、Hさん来訪、I夫妻来訪。

明日、たん、便の検査あり。容器準備されています。採血もあり。

今日一日は全体的には高熱も出ずに気分も良いようだった。しかし昨晩は、腰に痛みが走り、痛み止めの座薬を挿入。まだまだ充分に気をつけてやらなければならないだろう。

夕方は、K中学校の三十周年記念誌への祝辞原稿を代筆筆記。父は、もう、鉛筆を握る力もなくなった……。

十一月七日（月）（Y）

午後三時五十分、主事医のＫ医師回診。約十五分から二十分。その後Ｋ医師に直接会い父の容体を聞いたので左に記しておきます。

1．現在のところ別に病状の悪化なし。ただ、右足の内側にリンパ腺球があり、今日、外科の医師に診てもらったが化膿はしていないようだ。膿が出るようであれば切開して膿を排除すればよく、明日も外科から検診に来るとのこと。

2．胆嚢、腎臓、肝臓などの各臓器の検診を繰り返し行っているが、父の病気は感染しやすいので、各臓器の検査を定期的に行っている。簡単に言えば、病源が各臓器の後ろに隠れていないかを早目に発見して知り、あるいは防ぐための検査である。現在のところ各臓器に異常はなし。頭部にも異常はなし。

3．発熱が続いているのは、胸部に何か異常があるのではないか、まだ明確に原因は分からないがただ胸部に結核の病巣が以前からあり、そのための発熱ではないかと思っているとのこと。あらゆる手をつくしているので心配はしないように。胸部の採血は病気の変化や異常を確認する検査。いままでと同じ治療を今後も続けていくとのこと。

昼間は、平熱であったが、夕方五時ごろから右足の付け根（右太腿部）に激痛と発熱。三十八度五分。痛み止めの注射を左腕とお尻に二本注射した。その後、抗生物質の筋肉注射をお尻に接種した。しばらくすると汗をかき、午後七時三十分ごろには痛みも和らいできたのか安心して眠っているようである。体温も三十六度七分と平熱に近い状態まで下がる。来訪者、Mさん、Tさん、Y氏。

十一月八日（火）（S）

夕方六時、右足が非常に痛いというので看護師に連絡。熱も三十九度四分と高い。K医師が来られて右腕に痛み止めの注射をしようとするが、筋肉が硬くて打てずに左腕にする。

脚の痛みと熱で苦しそうな父さんを診ているといたたまれない気がする。二、三日前、平熱に戻って、もう大丈夫だ、この調子だとすぐよくなると安心して帰ったのだが、今日来てみるとこのような苦しそうな様子。本当にいつになったら以前のような元気な父さんに戻るのだろうか。母さんも元気がなく、顔色がすぐれない。頭痛がするらしい。看病疲れか。

七時、痛み止めの注射が効き始め汗をかき始める。父さんは浅い眠り。母さんと二人、下の食堂で夕食を早めにすます。

九時、汗をびっしょりかき、熱も下がった様子なので、腰かけて身体をふいてあげる。夕食を全くとっていなかったので勧めると、おじやと病院のものを少し食べた。気分がよさそう。粉末の薬が飲みづらそうなので、隣の金城さんからオブラートを分けてもらいそれに包んで飲ますととても飲みやすいという。もっと早くオブラートがあることを教えてくれればいいのに、と父さん。

十二月二日（金）（T）

右の尻に赤いぶつぶつ。床ずれの前触れであるようです。K医師に診てもらいました。できるだけその部分の圧迫を避けるようにとのこと。前に貰った皮膚科からの薬を擦り込むように、マッサージをするようにとのこと。

今日、兄とA氏との三人でK医師に相談しました。「丸山ワクチン」の使用を承認してもらいました。日曜日に兄が東京に飛んで月曜日に貰って帰ってくることになりました。効果を期待したいものです。親父には「特効薬」として、その使用を話しています。

十二月十二日（月）（T）

午前九時三〇分、病院到着。昨晩は兄夫婦に母さんが付き添ったが、今日現在までなお昏睡状態が続いている旨の報告を受ける。

十一時、K医師回診。他一名同行。

十二時、回診報告。「腰、腕共に急激な変化はない。ただし、脳にある種の圧迫がある。(それはたぶん腫瘍の原因によって血管などに微妙な影響を与えているものと思われるが)そのため視覚障害、意識障害、そして言葉を話すことに障害が起こっているものと思われる。このような状態はなおも二、三日続く。高熱があること、そして血圧の急激な降下が心配」。

一時五十分、熱三十八度五分。

十二月十六日(金)(T)

午後七時、病院へ着く。母さんと当間さんとの二人で看護している。兄が昨晩から今日の昼ごろまでいたとのこと、安心する。父さんは相変わらずのようだ。母さんの話しによると、昼間はわけの分からないことを話していたという。末弟が来た……とか、次弟と三原へ行く、とか……。まだ不安な状態だ。

母さんに頼まれて、母さんを「照屋さん」の所へ連れて行く。照屋さんは、ユタだ。母さんの「藁へも縋る思い」を笑えなくなった。

十二月二十六日(日)(M)

昨夜は、脚のリンゲルを打っている箇所の痛さと、腕の痛さがひどくなかなか眠れなかった。痛み止めをお願いしたのだけれども、朝の六時ごろにやっと打ってもらう。しばらく休んでいたが、また痛みを訴える。

午後の三時ごろ、床ずれの消毒をする。だいぶよくなっているとのことで、安心する。あれもこれもと本当に可哀相である。でも、今日はいつもより元気がある。自分で脚を動かしたり、両手を上げたり、腰を動かしたり……。自分の力でと一所懸命である。自分でも、右足の動きと腰の動きを認め、喜んでいる。バンザイできるのも近いうちだと……、一人前になったと、何度も繰り返す……。

来訪者。T夫婦、T伯父さん、A氏、N従姉、U伯母さん、寄宮のK伯父さん、Mおばさん、T氏御夫妻、Sさん御夫妻。

十二月二十九日（木）（Y）

今日の父は、呼吸が苦しそう。レントゲンを撮った後で、すぐ結果が出たので弟は担当医のM先生と会った。「気肺」だという。熱も三十七度前後、尿も一日で九四〇CC、脚の痛みも二十〜三十分ごとにくる。弟が午前一時ごろまでいたので弟の考えた「脚の運動」で痛みをほぐすと、父は気持ちよさそうに眠る。その他いろいろと痛みが楽になる工夫をする。朝まで痛み止めの注射を打たずに済んだ。母も今日は疲れぎみで早めに休んでもらった。できるだけ、母の様子にも目を向けるようにしたい。

酸素吸入をしているので、ゴム管に気をつけること。早朝からまた呼吸が苦しそうです。

〈県外にいる二人の弟への連絡〉

○次弟へ……電報で飛行機の優遇切符の手配をするようにと連絡したいが、なかなか連絡がつかない。三十一日午前九時、職場のインド大使館へ電話連絡する。電文「父危篤、すぐ帰れ」

○末弟へ……三十一日、午前九時、米国へ電話連絡。帰省するよう連絡したいが連絡つけられず。ここで末弟の帰省要請を断念する。

その後、父が死を迎える一日午前二時まで、緊張したやり取りが日記の頁を埋めている。

5

父の死後、数年間も母が茶山団地で一人で寂しく住んでいることを、私たちは黙って見過ごすことはできなかった。皆がなんとかしなければならないと考えていた。母を一人にしてはいけない。だれかが母と一緒に住まなければならなかった。

二人の姉は、もちろん嫁いでいて駄目だった。兄は金武町で薬局を開業しており、商売がてらすべてを引きはらって移り住むことは難しかった。次弟は母になんとか理解してもらい結婚式を済ませていた。そして大学時代から数えて七年余の東京生活を切り上げて帰沖し、再就職をしていた。幼い娘もおりアパート暮らしをしていたが、いろいろと事情があり、母と一緒に暮らすことは到底望めそうもなかった。

私は、父の生前に相談をし、できるだけ父母の住む茶山団地から近い場所にと、数キロ離れた宜野湾市の嘉数に中古の家屋を購入し、改築が済んで住み始めたばかりであった。結局、父の死後の数年間は末弟が母と一緒に暮らすことになった。

末弟は米国留学を終え、再び琉球大学に戻って卒業し、教職に就いていた。末弟は、父の死後、半年後に米国から帰沖した。その前の半年間は母は一人で住んでいた。

父の死に目に会えなかった末弟はさぞ無念であっただろう。しかし、父の死に負けずに留学生活を最後まで頑張れということが父の遺言であったと弟に伝え、励ましていた。実際、父は病状が悪化しても、末弟との連絡を取りたいと申し出る私たちの要求を頑として聞き入れなかった。

末弟が帰ってきて母と暮らしている時はまだよかった。私はこれで、「私の家」と「母の家」との二重生活から解放されると思った。実際、多くのことを末弟が私に代わってやってくれたが、母は依然として多くは私に頼った。

母は父の死や家族の不幸をすべて私のせいにして私を罵倒したが、だれかのせいにせずにはいられなかったのだろう。当時、父や母と最も身近にいたのは私だ。私のせいにしなければやり切れなかったのだ。母も落ち着き、私も冷静になって、そんなことを考えることができるようになっていた。母に悩みは尽きることはなかったが、なんとか希望を見いだし、共に喜びたいと、私はもがいていた。

末弟が結婚をして、母と一つ屋根の下で一緒に住みたいと言ったのは、帰省した翌々年の春先のことであった。

末弟の申し出は、有り難いことであったが、私には嬉しさ以上に不安が沸いた。相手は大学時代からの友人で、鹿児島県K島の出身、現在は東京の貿易会社に勤めているが、結婚後は沖縄に移り住み、末弟共々教職に携わりたいということであった。二人でコツコツと力を合わせ、その準備を進めてきたようであった。このことには何の不安もなかった。拍手を送り、素直に喜びたかった。

私が不安に思ったのは、母の状態を考えると、同居生活をして母と果たして二人がうまくやっていけるだろうかということであった。末弟は、私の不安に笑って取り合わず、父を看病することができなかった自分のせめてもの親孝行だと言って母と暮らすことを希望した。末弟も母の変化に気づき、母を一人にして家を出て行くわけにはいかないと思ったのかもしれない。

末弟の結婚相手の両親の住むK島には、父の三年忌が済んだ後、残された家族の皆と、代表となる数人の伯父伯母を加えて出かけた。先方での結納の儀と、那覇での結婚披露宴に招待できないK島の人々への挨拶を兼ねた訪問であった。

春三月、K島は満開のフリージャーの花がいたるところで咲き誇っていた。島の人々の多くがフリージャーの花を栽培しているということであった。美しかった。そしてその花の美しさ以上に、出会った人々の心は美しかった。

特に、先方の両親や家族との出会いは感動的であった。私たちを迎える態度は、実に自然で、奢ることなくまた媚びることなく誠実であった。その自然な振る舞いに、私は感動した。先方の父親の手を握った時、私は岩のように硬く大きな手に、働く農夫の生活を感じて立ち竦んでしまった。

聞くところによると、両親は敬虔なクリスチャンで、額に汗して得た収入のほとんどを教会へ献金しているということであった。自らの質素な生活を厭わず、また驕ることなく静かに暮らしていた。床板が軋む部屋に通され、家具のほとんど無いがらんとした部屋の壁に、ただ一つミレーの「落ち穂拾い」の絵が架かっていた。それが印象的だった。ここにもまた尊い生活がある。人には、それぞれの人生があるのだ。

かつて、六〇年代の後半から七〇年代にかけて青春を学園で送った私たちの世代には、まぶし過ぎる生活だった。私はすべてを了解したい気持ちになった。末弟の結婚を激励し、祝福の拍手を送った。

しかし、母には彼らの生活のその純朴さが、あるいは貧しさに映ったのかもしれない。貧しい農家の娘を娶る息子への不満は、すぐに嫁への不満になっていったのだろう。憂鬱な表情はなかなか消えなかった。

私は、母の気持ちに思いを馳せるには、余りにも深く出会いの感動の中に沈み過ぎていたと言ってもいい。私にはその質素さがまぶしく美しく見えたのだ。同時に母を見失っていた。

母は、たぶん、当時精神的な豊かさを考える位置から最も遠い距離にあったものと思われる。あるいは今なおそうであるがゆえに、自らを苦しめているのかもしれない。

母は息子が嫁を貰うことに動揺した。息子たちが成長していくそれぞれの事情があるとはいえ、母には最後の息子の結婚であった。夫を亡くし、その寂しさを一つ屋根で紛らわすことのできた息子が、見ず知らずの遠方の地の娘と結婚したのである。

そして、明らかに嫁の実家の貧しさに、同行した伯父伯母の戸惑う姿を見て動揺したのだ。他人の感慨などなんら気にする必要はないのに、母は、自らの寂しさと必死で闘っていたがゆえに、また他人の生き方に感動する余裕など微塵もなかったのだ。

私の不安は的中した。K島から帰り、母と一つ屋根に住むことを決意した弟夫婦であったが、母は嫁をいたわり可愛がる気持ちが全くなかった。むしろ殺気だった言葉を平気で使い、他人の前で嫁の悪口を言った。父と築き上げてきた家庭を守っていくということからすると、母にとって嫁は余計な「異分子」であったのかもしれない。さらに最後の息子を手元から奪っていく敵対者でもあったのかもしれない。だれの目からも明るく朗らかで素直な嫁と一緒に暮らせない母に、私は怒りに似た感情を覚えた。それ以上に義妹に済まなく申し訳ない気持ちでいっぱいだった。

一年近く経って弟夫婦が家を出たいと言った時は、むしろほっとした。もうこれ以上、母の醜い姿を見続けさせたくなかった。弟夫婦がアパートへ移り住んだ時は、正直言って肩の荷が降りた感じであった。

母は、しかしまたしても一人で住むことになったのである。私か兄が、やはり母と一緒に暮らさなければならないだろう。

私は、いっそ私こそが父の残した家に移り住み、母と一緒に住むべきではないかと何度も考えた。もちろんクリアすべき問題はたくさんある。移り住むからには、母の面倒を終生見て、両親の位牌を相続する決意が必要になるかもしれない。しかし、私たち夫婦には男の子がなく、将来的には位牌を相続するやっかいな問題が予想されること。また、順序からすれば、当然金武町に住んでいる兄が相続すべきであること。また兄はその責任があり、近い将来必ず自分が母の面倒を見ることを明言していること、これらのことがまず頭に浮かんだ。

また、私には経済的にも不安があった。就職して間もない私も妻も目一杯借金をして購入し改築したばかりの家を手放さねばならないこと。移り住むには家を増築せねばならないが、増築するにはさらに借金をせねばならないがその目途がつかないこと、さらに妻と母がうまくやっていけるか不安であること。うまくやっていけたにしろ、母の激しい感情の揺れに私が参ってしまうのではないかということ。いろいろ考えると眠れぬ夜が何日も続いた。

しかし、なによりも母は今、一人寂しく暮らしているのだ。なんとかなるだろうと、思い切って妻にその意向を伝えると、妻は意外にもすぐに承諾してくれた。私は、ほっとして胸を撫で下ろした。考えて見ると、妻は、私と母が次弟のことで修羅場を演じた現場を見た唯一の証人でもあった。父を看病し、母をいたわる気持ちは私以上に強かったかもしれない。少なくとも私の気持ちを慮ってくれたことに感謝した。

私がこの決意を兄に話すよりも早く、兄のほうから話しがあると伝えてきた。兄も考え、悩みに悩んだ末の結論であろう。兄は自分が母の面倒をみると決意を述べたのだ。思わぬ展開になったが、やはり、兄の考えているとおり、兄が母と暮らすべきであろう。私は兄の意向を尊重し、精一杯応援することを約束した。

兄の話しによると、兄が茶山団地に移り住むということではなく、茶山団地の住居を売却して母を金武町へ呼び寄せる。そのために家をも新築したいということであった。私は、もろ手を上げて賛成した。住居を移し、気分を一新し、兄夫婦、そして三人の孫たちに囲まれて楽しい日々を送る、それが最善の方法であろう。問題は母を承知させることである。父と二人して築きあげて手に入れた財産をすんなりと手放すはずがない。父との思い出も残っているはずだ。兄から説得の協力を依頼された。

当初、やはり母は頑固に反対した。しかし、だんだんと私たちの話しに心を和らげ、一人で寂しく暮らす不安もあったのだろう、孫に囲まれて楽しく過ごす日々を思い描くようになり承諾してくれた。私たちは、なにもかもがこれでうまくいくと思った。

しかし、ことは予想に反して最悪の方向へ向かってしまった。老いてからの見知らぬ土地への引っ越しは、母の寂しさを増大させたのだ。金武町は、母にとって戦前の父との教員生活振り出しの地であり、戦後も最後の赴任地として退職をした地であった。父と母にとってそのように馴染みの深い地であったがゆえに、兄も父の生前にその地で薬局を構え、母の転居にも安心して古い知り合いたちと世間話しに興ずる日々を送ることができるだろうと思ったのである。また、私もそう思った。金武町は母にとっても特別の意味のある地であったはずだ。

ところが、茶山団地は売却したものの、新居の完成はなかなかはかどらなかった。移転までに半年余りのアパート生活を余儀なくされてしまった。母は、窮屈なアパート暮らしの中で、これまで父と共に楽しく過ごしてきた茶山団地のころの生活を思いだしては愚痴をこぼすようになった。そして楽しみにしていた孫たちとの語らいも、孫たちには孫たちの世界があり、母の思うようにはなかなかいかなかったのだ。

また、兄が建てた新居は、町の中心部にある薬局とは別の地に建てられた。人里離れた海岸沿いの地で金武湾が見渡せ、潮の香が心地よく、住居もまばらで、私たちにとっては最高の環境であり、まるで別荘のような新居であった。しかし、よかれと思ったそのような閑静な住居地が、かえって母を寂しがらせたのかもしれない。

さらに商売人であるがゆえの兄夫婦や家族の不規則な生活を、長く規則正しい公務員生活を送ってきたこれまでの生活とを比較して、母は強く卑下し始めたのだ。兄夫婦や、小さい孫たちも別家屋である薬局へいる時間が多かった。

母はだんだんと精神のバランスを失っていった。やがて母は、私たち皆に騙されて金武町に連れてこられたと思うようになった。特にいつも母の身近にいた私は、母の愛憎の矢面に立たされた。次弟の結婚、末弟の結婚、金武町への移転、どれもが母には気にいらなかったのだ。

今回のことも、またしても子どもたち皆に裏切られたと思い込んだのである。そして、その矛先を、今度は私だけでなく兄嫁にも向けたのだ。母にとって、兄嫁の本家で起こった「事件」は、愚痴をこぼし、兄嫁を攻撃する願ってもない格好の材料になったのである。

6

母が、コーヒー瓶を持ち歩いているという話しを聞いた時には、またかという思い以上にやりきれない悲しみに襲われた。

母は、またしても「兄嫁に殺される」と言った。コーヒーに毒を盛られ危うく殺されるところで、その毒の入ったコーヒー瓶を証拠の品として持ち歩いているということだった。

今回は、「黒砂糖で殺される」という話しに全く耳を貸さなかった私たちに見切りをつけ、私たちを飛び越えて自分の兄弟姉妹、いわゆる私たちの叔父伯母（叔母）の家を訪問して、その瓶を見せながら兄嫁の悪口を吹聴しているというのだ。母にすれば、今度は確かな証拠品を押収したということにでもなるのだろうか。同時に、私たちに対してこれ見よがしの態度を取ったということだろう。

日曜日の朝、沖縄市に住む長姉から電話がかかってきた。母がその瓶を持ってやって来ている、一緒に母を説得してみようということだった。私は、すぐに姉のもとへ車を走らせた。とにもかくにも、まず母の話を聞いてみたい。そして、多分に叔父伯母（叔母）も信じていないであろう母の話を、できるだけ早く止めさせたかった。母自身がもの笑いになるだけだ。いや既に憐れみの目で見られているはずだ。

母は、突然私がやって来たことを当初いぶかしそうに見ていた。私も、毒入りのコーヒー瓶の話題を避け、まず母の気持ちをほぐすことから始めた。やがて、母のほうから意を決したように、いやこれ幸いとばかり、私に愚痴をこぼし始めた。

「私は殺されそうになったんだよ。もう私は嫁とやっていけない。今日も、朝起きると怖くなって、すぐ家を出てきたんだよ。あまりに悲しくてね。腹が立ってね。私に毒の入ったコーヒーを飲まそうとするんだよ。私がコーヒーが好きなもんだから、それを狙ってやったんだよ」

母がコーヒーが好きなことは知っていた。たっぷりと砂糖を入れて飲む。しかし、今はそんなことはどうでもよい。多分、姉にも同じように話したのだろう。姉は傍らで母の話しに相槌を打っている。

「飲んだ後、すぐに変だと気づいて吐きだしたんだ。やがて死ぬところだったよ。ほら、これが証拠のコーヒーだよ」

母は真顔である。笑えなくなった。しかし、コーヒーの瓶を受け取ることも馬鹿らしい。母は、薄汚れたガーゼのハンカチでくるんだ瓶を大事そうに私の手前に置いた。ちらっとそれを見るが、なるほど母が言うとおり、底にはコーヒーの粉が二センチ程の高さで固まっている。

しかし、このことは母の思い違いであること、そして瓶を持ち歩いて兄嫁の悪口を言いふらす行為が間違っていることを言わねばならない。そのために、朝早くからここに来たのだ。母の気持ちを損なわないようにと細心の注意を払いながら、言葉を選び、私と姉は話し始める。

母の目は、うつろである。話している私も姉も見てはいない。虚空に向かって放心している。私たちから顔を背《そむ》け、父に助けを求めているようにも見える。しばらく会わぬうちに母は、さらに自らの世界に閉じこもってしまったのか。どうすればいいのだろう。私たちのせいなのだろうか……。

母は、私と姉が、兄嫁の肩を持つといって、だんだんと言葉を荒げてヒステリックになっていった。顔は醜く歪み、髪は長く乱れ、まるで幽鬼のようだ。それでも、私は言わねばならない。

「母さん、コーヒーはね、瓶の蓋を開けておくと、水気を含んで粘っこくなることだってあるよ。苦くなることだってあるよ」

母は、私が言い終わらぬうちにわなわなと身体を振るわせて立ち上がった。

「皆さん、お世話になりました。私はもう死んだほうがいいんだね。どうも有り難うございました。お世話になりました」

母は、顔をぴくぴくと振るわせながら慇懃《いんぎん》に私と姉にお辞儀をした。

私も姉もあっけにとられた。母は、再び丁寧にお辞儀をすると、吐き捨てるように言い放った。

「皆さん、さようなら。お世話になりました」

母は、背を向け足を引きずって歩き出した。

「母さん、待って」

「母さん、まだ話が終わっていないだろう」

「母さん、座って」

もう一度、母に座ってもらって、母に納得してもらわねばならない。

しかし、母は座ってくれたものの、こちらが話せば話す程にヒステリックになっていく。

「もういいよ。私なんかどうせ死んだほうがいいんでしょう。あんたたちは、私が言っていることを全く信用しないんだからね。私が毎日どんな辛い思いをしているか判るね？　判るかね？　死ぬ思いで頑張っているんだよ。でももういいからね。ご迷惑をおかけしました。ほんとうにお世話になりました」

全く聞く耳を失ってしまっている。再び立ち上がり老いた背中を見せて歩きだした。

本当に母はこのまま死んでしまうのではないかと不安になる。長姉が立ち上がって引き留める。しかし、その手を邪険に振り払って、足を引きずり髪を乱し、今にも倒れんばかりの姿勢で玄関の戸を押し開く。

私は座ったままで母の背中を見上げる。老いた背中に頭が隠れている。母と長姉の姿がもつれるようにして目の前から消えた。すぐにタクシーの止まる音がした。続いて走り去る音が聞こえた。

戻ってきた長姉と私は互いに顔を見合わせ、しばらく言葉が出せずに向かい合う。母に対して、私たちは何をしてきたのだろう。何ができて、何ができなかったのか。母の言うとおりに、私たちは余りにも兄嫁の肩を持ち過ぎるのだろうか。私たちは、母をいじめているのだろうか。

私たちは兄嫁に同情するが余り、母の痛みを理解できないでいるのだろうか。そうであれば、私たちこそが世間体を気にし、無益な狼狽を繰り返していることになる。母ではなく、私たちこそが壊れて駄目になってしまっているのではないか……。

長姉の顔が一瞬母の顔に重なって見える。私にも長姉にも、母の血が流れている。

どんよりとした天気が、締め切ったガラス窓の向こう側で、音を立てずに沈んでいる。

7

母は、大正五年の八月三日、沖縄県国頭郡大宜味村大兼久で生まれた。父も同じ村で二年前の大正三年に生まれた。

大宜味村は、沖縄本島北部の西側に面した小さな村である。南北に細長く伸びた村の全面積の七六％は山林で、東側の中央にネクマチヂ岳があり、その周辺にある三〇〇M内外の山々が海岸近くまでおし迫ってきてリアス式の海岸線を形成している。

その海岸線に背後の山々から流れくる水が平南川《へなん》、饒波川《ぬうは》、喜如嘉川《きじょか》、屋嘉比川《やかび》などをつくり、河口近くのわずかな低平地に点々と小さな村落が形成されている。村の各字などの屋敷地などを掘り下げると、そこが砂丘地であることを証明するかのように海砂利や貝が出てくるという。農地は全面積のわずか七％で、ほとんどの村人が半農半漁の生活である。

大正生まれの母は、二十歳代を昭和十年代と重ねて過ごすことになる。ちょうど日本が不幸な戦争へ突き進んでいく時代のただ中に母の青春はあったと言っていい。

父と母は、結婚して数年後に南洋諸島の一つのパラオ島に渡る。昭和十年代初頭のころである。そのころの南洋諸島は、日本の植民地下にあった。国策のもと多くの日本人が開拓へと渡っていく。父と母もその一人であった。もっとも、父と母は、既に南洋諸島に渡っていた伯父の誘いに応じたものであった。

　当時、父と母には二人の娘が生まれていた。二人の娘を抱えての旅であった。当初は農業技師としての渡南であったが、途中から請われて公学校の教師を勤める。当時の現地での公務員生活は、最高級の待遇であったという。大きな屋敷が与えられメイドやボーイが四六時中ついて世話をしてくれ、大名暮らしであったという。

　学校での国家的行事の際には帯剣が義務づけられていて、父が闊歩する様は、幼い姉たちにはいまも雄々しい姿としてまぶたに焼きついているという。

　父が南洋に赴任した数年後の昭和十六年十二月に、日本軍は真珠湾を攻撃する。戦乱は徐々に拡大され、そしてやがて日本の敗色が濃くなっていく。

　父が徴兵されての入隊は、幼い姉たちにももちろん、母にも大きな不安となつて押し寄せてくる。母は、現地で生まれた長男を病で喪い、大きな悲しみを引きずっていた。その悲しみが未だ癒えぬ中での父の召集であった。

　父は、同じパラオ島内に配属されている部隊に入隊する。入隊したものの、やがて病を得て野戦病院での入院生活を余儀なくされる。二人の姉たちは、少ない食料をリュックに背負い何度か父を訪ねる。しかし、戦局が悪化し、だんだんと食料が手に入らなくなる。姉たちが現地のボーイやメイドから苦心して手に入れた食料を隠すようにして父の元を訪ねても、道々兵士に一切れ二切れと奪われて父の元に着いた時には手に何もなく、ただ泣きだすばかりであったこともあったという。ジャングルの中の長い道のりを、恐怖と不安に苛まれながらも、姉たちは母に託された食料を持ち、父に会いたい一心で手を握り合って歩いたという。

やがて、米軍の飛行機が島々に飛来し爆弾を落とし始める。機銃掃射が始まる。父の部隊も島の奥地へ逃れ、点々と身を隠しながら防戦する。姉たちも、時にはその機影を見て恐怖に身を竦めることもあったという。徐々に戦局が悪化していく中で、途切れ途切れに入ってくる父の消息を確認しながら母は必死に生きる。幼くして死んだ長男の墓地で爆弾が炸裂する。どこまでも不幸な息子の運命を、手を合わせて哀れんだともいう。

父もまた、戦場で必死に生きる。父は、生前戦争のことをそれほど話すことはなかったが、酔うとポツリポツリと、いくつかの思い出を語ってくれた。そして、生き延びることができたのは奇跡だ、運がよかった。生と死は、紙一重であったとも語った。父の話の中で今も私の記憶に残っている話は、たとえば次のような話だ。

ある日、父の所属する隊で整列した兵士を前に、部隊長が「泳げる者は全員前へ出ろ」と命令がくだされたという。とっさに嫌な予感を覚えた父は、次々と手を上げ前に出て行く兵士の後ろで命令に耐える。案の定、父の不安は的中する。手を上げて前に進み出た兵士は、多くが人間魚雷として海のもくずと消えたのだ。もちろん、父は泳げなかったわけではない。父は漁師の息子であったから泳ぎは人一倍達者であった。たぶん、父は必死に家族のことを考えていたのだろう。

父が戦死することもなく終戦を迎えられたのは、そのようなとっさの判断と幸運が重なったことがあげられるだろう。その最も大きな幸運は、戦局の悪化と同時に肋膜《ろくまく》炎が再発したことと新たに脚気《かっけ》の病が巣くったことがあげられる。父には、その二つの病が大きく幸いしたのだ。父は、前線を退き、野戦病院に入院したのだ。

病院で身を横たえた父の傍らで、戦傷者は次々と死んでいったという。父も痩せ衰えて、いよいよ死を迎えるだけの兵士として覚悟せねばならないと思ったこともあったという。充分な治療は受けられず、もちろん食料事情も貧しくなるだけであった。

病者たちは、飢えをしのぐために、傍らで死人がでても、その死を覆い隠し、毛布を被せ、その前に置かれる食事を皆でくすねて食べ、生命をつなぎ、励ましあったという。

そんな状況の中では、そのようなことが、哀しくも人間の生き続ける知恵となるのであろう。しかしまた、兵士の死を数日間も知らないほどに、病者を世話する人手は足りず、敗色が濃厚になっていたということでもあろう。

父や母、幼い姉たちは、必死で戦争の中を生き継いでいく。そして、やがて終戦を迎える。

戦後はすぐに、南洋諸島に夢を託した多くの人々と共に沖縄本島に引き揚げてくる。沖縄本島中部、久場崎の地に上陸する。

父は、終戦前夜の感慨を手記の中で次のように記している。

広島、長崎に人類初めの原子爆弾が投下され、八月十四日無条件降伏、八月十五日の大詔が全国に放送され、一億国民は泣いた。疎開で一家全滅した家族、直撃弾で戦死した戦友、栄養失調で悶々の中に枯れ木のように生涯を終えた者、一人だけ生き残された者、五体満足でない者がいかに多いことか。

一体この戦争で私たちが経験したことは何だろうか。「鬼畜米英」「撃ちてし止まん」「一億玉砕」など数多くの標語が生まれ、竹槍を持ち、真実を教えられず、ただひたすらに御国のために戦い、死ぬことを男子の本懐と教えられ、神国日本の勝利のみを信じた。軍国主義教育の力の恐ろしさだけが残された。もし、多くの国民が真実を知っていたら、自決や餓死もせず、国民の犠牲も最少限度に食い止められたであろう。教壇で共に情熱を燃やした多くの先輩方、多くの国民、同窓生、同期生も多数戦死した。生き残った者は戦死者の霊を慰め、彼らの分まで生きて、常に真実を知り、再び戦争を起こさせないように努力する義務がある。

栄養失調で衰弱した身体を引きずりながら、家族の疎開していたジャングルの小屋までたどり着き、抱き合って互いに死線を突破して生き延びた喜びを分け合い、戦後の生活が始まった。原住民の子どもたちが二、三名、いち早く訪問してくれた。「アメリカ兵は親切で、食料も豊富にくれる。鬼畜米英は嘘であった」と開口一番に発した言葉に大きなショックを受けた。出征中に南洋庁から支給された俸給は多額の金額であったが、何の価値もないものに成り下がった。愈々帰還準備である。（以下略）

父や母が帰ってきた沖縄本島は、激戦の痕跡がいたるところに見られ、剥きだしの戦禍が灼熱の太陽を浴びていた。引き揚げ者はこれらの光景を見ながら、同じ様に灰塵に帰したそれぞれの故郷へ帰っていく。父や母も、故郷大宜味村の地へ戻るのである。

故郷へ戻った引き揚げ者の父や母は、特にゼロからの出発であった。まず住む家を建てねばならなかった。次に食料だ。父や母は必死に働く。やがて父は再び教職に身を投ずる。父には父の理由と契機があったのだろう。当時、混乱した戦後の時代の中で教職に就くことは、安い給料であったがゆえに多くの人々が敬遠したという。

当時の職業で最も華やかであったのは、軍作業員であったという。給料も高く、食料も豊富で、時には「戦果」と称して食料品や日用雑貨をくすねることができたという。そして豊かな国アメリカの監視は厳しいものではなく、軍に蓄えられた食料や物資こそが戦後の飢えをしのぐに大切な人々の食料源でもあったという。くすねてくる煙草一ボールの値段が、教員の一か月分の給料であったとか。しかし、父は貧しさを厭わずに地元の学校の教師になる。もちろん、そのために多くの苦労を母と共に背負うのである。

例えば、父にとって郷里とはいえ貧しい農家の四男で末っ子であった。分け与えられた土地もなく、稼いでくる給料も安い。自給自足をするために土地を開墾し、あるいは土地を借り受ける。借り受けた土地から得た収入は、小作人としてそのほとんどを地主に差し出さねばならない。それを嫌がれば、畑にはならないような村の遊休地を開墾せねばならない。朝早くから、父と母は豆腐臼を廻す。明け方には豆腐桶を担いで家々を廻り、できたての豆腐を売り歩く。余りの貧しさと働きづくめの生活に、村人の同情を買うこともあったという。

昭和二十四年、私はそのような貧しさの中で生まれた。しかし、不思議なことに私の記憶には父と母の笑顔だけが刻まれている。常に二人は一緒で、同時に微笑んで私の前に現われる。一九六〇年代の末、私が青春期に、死のハードルを飛び越えて彼岸へいくことをためらわせたのは、常にこの父と母の優しい笑顔の記憶であった。

8

母は、もうぼけてしまったのかもしれない。今、自分が何をしているのか客観視することができなくなってしまった。自分をすべてのことの中心に置き、自分の側から一方的に物事を見て判断し、行動する。それがうまくいかないと、だだをこねる。まるで赤子のようになった。やっかいなのは、赤子と違って誇り高い老人であることだ。さらにやっかいなのは、そのために精一杯努力し、気を遣い、へりくだり、また時には周りを威圧することだ。そこには亡き夫と二人で築きあげたささやかな人生の成功と、同時に自らもまた、首里士族の血を引いた末裔だという誇りもある。たったそれだけのことが、母にはたったそれだけではない。母の生きる支柱になっている。それにすがって生きている。私もまた老いると、「たったそれだけのこと」にすがらねば生きていけないのだろうか。無残でもある。

母は、私と長姉に注意された後も、しばらくはコーヒー瓶を持ち歩いた。長姉は、母が再び訪ねてきた時に、なだめ、すかして瓶を取り上げたという。

その後、母は、コーヒーのことなどまるでなかったかのように、ぷつりとその話をしなくなった。信じられない程の鮮やかな忘れっぷりである。

我が家へ来ると、また人のいいおばあちゃんになった。いや、人がよすぎるのだ。そのよすぎる分が、私には不愉快になる。

母は、来る度に、孫のためにとチョコレートやお菓子をどっさり買いこんで来る。さらにてんぷらやさしみなど、食べ物をたくさん抱えこんでやって来る。時には、老人会や昼食会の残りものだといって、汚れたハンカチやティッシュなどに包んで食べ物を持ってくる。何時間も手提げ袋の中に詰め込まれているので暑気に当たって腐っている場合もある。それを娘に与えるので気が気でない。

一度などは、皿に盛ったさしみが明らかに腐っていた。

「母さん、もうこれは食べられないよ」

私がそう言うと、母は、つっと立ち上がって、さっと水道の蛇口をひねって水を出し、皿ごと洗って、「これでもう大丈夫だよ」と、すました顔で言う。たまったもんではない。たまったもんではないが、それを食べないと機嫌が悪くなる。

義妹は、母が作った臓物の汁をはるばると金武町から持ってきてくれたというので断ることもできず、少し臭うが無理をして食べたら食中毒になり、その晩からお腹をこわし、翌日一日仕事を休むことになった。

母は、その時でさえ、澄まし顔で毒づいた。

「あれは、ガチマヤー（欲張り）だからね、私が作った臓物の汁を美味しいと言って食べ過ぎてお腹をこわしたわけさ」

母には、全く反省するところがない。

母が買ってきた食べ物は、腐っていても母の前で処分することもできず、かといって口にすることもできずに食卓の上に何日も積まれて臭気を放つ。このことだけでも、私はヒステリックになり妻にも気を遣う。できるだけ母のやりたいようにさせようとも思うが、そうもいかない。娘のしつけとも関わってくると、つい私も口やがましくなる。

一度、母の気持ちをも損なわないようにと、どうせならお菓子でなく果物にして欲しいと言ったことがある。すると今度は果物だけ買ってくる。そして、母が買ってきたスイカを娘が美味しいと言ったといって、来る日も来る日もスイカを買ってきた。そして強引に娘に与えた。ついに娘は、全くスイカを口にしなくなった。イチゴもそのようにして食べなくなった。娘の前から美味しいものが一つ二つと消えていく。いつしか笑えなくなった。

母の行為は、孫への愛情からくる行為であることは分かっている。しかし、こちらの言い分は全く聞かない。一方的に押しまくられてしまうと、愛情とは関係のない行為ではないかとさえ思ってしまう。

臭気といえば、母は何度注意してもトイレに入る時、ドアを閉めない。朝でも昼でも夜でも同じである。深夜にトイレに入ってドアを開け放たれると、便を出す音は響くし、密閉した部屋中に臭気が充満してやりきれない。

母は、息子や孫たちの誕生日は決して忘れない。そして、いつでも誕生日のパーティを率先してやりたがった。こちらの都合で取り止めようものなら、ひと月余りも機嫌が悪かった。否、強引に一人でオードブルを買い込んで来て食卓に並べた。家族が準備するささやかな子どもの誕生日は常に母の介入でどの家でもブチ壊されていた。

金武町の兄の娘が十三歳になった。祝いをするということで、兄弟家族の皆が久々に兄の家に集まった。母は、ハシャギ回って皆を迎えた。いつものとおり余る程の御馳走をテーブルいっぱいに広げた。賑やかな宴席になった。母は、上機嫌で満足げに皆にあれやこれやと指示していた。もちろん私たち皆が、その母の機嫌を損なわないようにするにはどうすればよいかをよく知っていた。

その晩は、私たち家族は母の部屋で泊めてもらうことにした。母は喜々として自ら布団を敷き、枕を並べた。酔いも手伝って私はすぐに寝入った。が深夜に泣き声がして眼が醒めた。娘ではない。妻でもない。母であった。

母の寝床から、おいおいと辺りを憚らぬ大きな泣き声が聞こえてきた。が私は、泣いているのが母だと分かると、またすぐに睡魔に深く取りつかれてしまった。もちろん、妻であっても娘であってもそうだったかもしれない。酔った頭ではそれ以上のことは何も判断することができなかった。あっという間もなく、深い眠りに吸い込まれた。

ときどき、その日のことを思いだすことがある。しかし、その度にあれは、夢ではなかったのかという思いにも襲われる。母は、なぜ泣いていたのだろう。私には、はっきりと母の泣き声は記憶にこびりついているのだが、それ以外は、全く何も思い出せないのだ……。

9

父や母と一緒に私たちが楚洲に移り住んだのは、一九五七年からの五年間であった。父が楚洲小中学校の学校長として赴任することになり、私たちは家族皆で父の赴任地へ向かったのである。もっとも二人の姉は大学と高校へ進学しており、兄も中学生になっていた。長姉は大学のある那覇市の親族の家に世話になっており、次姉と兄が一緒にそのまま郷里の大兼久の地に留《とど》まることになった。私は小学校の三年生で、次弟は六歳、末弟は三歳でまだ母乳を欲しがる年齢であった。

当時の楚洲の学校の生徒数は、小中合わせて六十人余、小学生は低学年と高学年の二クラスに分け、中学生は一、二年生と、高校受験を控えた三年生とに分けた、いわゆる複々式の学級編成であった。それが、父が初めて学校長として赴任する楚洲小中学校であった。

私は、小学生一、二、三年生のクラスに編入された。三学年併せても全部で二十人ほどで、私と同学年の生徒は七人であった。

母は、後日父のことを「猪のような人」と評したが、そのとおりであっただろう。父は、子どもである私たちにも分かるほどに精力的に仕事をした。今なお、明確な輪郭をもって思い出される数々の記憶がある。

父を村人は大歓迎した。赴任して数日後に、逃げるようにして楚洲の地を後にした学校長もいたという。また、へき地であるがゆえに単身赴任の学校長が多い中で、妻子を引き連れてこの山の中の学校へ赴任してきた父を好意をもって村人は迎えたのである。父もまた村人の中へすぐに溶け込んでいった。

父は嘉手納農林の卒業であり、楚洲へ来る前は、高等学校で生物や農業の授業を担当していた。それゆえに、村人とは共通の話題も多かったのであろう。赴任してすぐに、父と母は、村の家々を隈なく回って挨拶をし、数日後にはあっというまに村人全員と顔見知りになっていた。

父は学校長としての初の赴任地を、当時、陸の孤島と呼ばれた国頭村楚州小中学校で迎えたのである。以後、へき地教育への強い関心を有して職責を全うしたように思われる。楚洲《そす》での教育については、赴任した数年後に次のように記している。

山道をたどっていった丘の上に忘れられたようにある学校、子どもが小中校合わせて六十四名、それがへき地と言われる陸の孤島楚洲校である。そして、そこに子どもが、日本の子どもが暮らしているのである。小さい学校は、この山の子どもたちのただ一つの楽園であり、心の拠り所である。

教育の機会均等の趣旨にのっとり、へき地のもつ特殊事情を解消し、へき地における教育水準を高めるために、へき地教育振興法が成立し、大きな期待と希望に胸を躍らせていたが、苦しい政府財政の実情で昨年は大したことは実現されなかった。明けて一九六〇年こそは、私たちの念願が実現し、心魂を打ち込んでへき地教育に当たることのできる良い年になりますようにと、心から祈っている。

小さな学校の教育には多くの困難と悩みがあるが、まず教員組織の面である。資格者はこうした学校には勤めたがらない。もし勤めても二、三年もすると便利で環境の整った学校へ行ってしまう。無資格者が半数以上であるが、長年勤めて有資格者になると山を下りていく。小さい学校は教員養成の場所ではなく、真剣なかけがえのない教育の場所なのである。もちろん、無資格でも若い情熱をへき地教育に傾注し、多くの実績をあげた教師がいることも忘れてはいけない。

小学校が複式の三学級、中学校は三年生が単級で一、二年生は複式である。職員は各々三人ずつ。両方を兼ねていて専門科目以外に、二、三教科を受け持って、事務職員もなく、大きな学校と同じようにたくさんの公文書も届く。それを整理せねばならない。それに多くの教材研究と毎日が多忙の連続で、暮れて帰宅するのが普通で、超勤手当の支給制度があれば大した収入になるがといつも笑っている。

一番心配なのは、何といっても医療施設がないということに一致する。急病にでも罹ったらどうしようかと思うのである。これは教師のみの問題ではない。地域全体の悩みである。医者が遅れて一命を落とし、悲嘆にくれたという話しを時々聞かされる。もし、こういうへき地に、一応医学的な素養があって簡単な手当ができるような先生がいたら、どんなにか救われることかと思う。大学の教育学部ででも、短期の医療講座を開いて、新卒の先生にこういう腕をもってもらえるよう願えないものか。さらに養護教諭の優先配置も考慮せなばならない問題かとも思う。

大学を卒業して希望に燃えて赴任した先生が、バスを降りてから十五キロの山道を登ったり降りたりしてたどり着いた小さな学校、丘の上にたった三棟の校舎、狭い運動場に砂場が一つとブランコが一つ。こうした環境に飛び込んだら、だれもが一度は胸に燃え上がった炎に水をかけられた思いを持つだろう。へき地ということは、それ自体がすでにこうした内容を感じさせる。大学当局の知人が何かの都合で立ち寄った時に不用意に発した言葉、「こんな所に赴任しているのか」とか、「島流しになったのか」「山流しになったのか」と平然と言われる。望んでそうした土地に飛び込もうという人は、それこそ「もの好きだ」とか「変わり者」だと言われる。またこんな所に人間が住んでいるのかとか、あるいは山紫水明、風光明媚で健康的だ、と来る人によって表現は違う。私は馬鹿だから来たんだと反発したくなる。へき地の教師は、こうした土地に、こうした目で見られながら生活し、仕事をしている。へき地教育は、このことを恐れず直視することから始めなければならないだろう。

私にも、楚洲の地での思い出には限りがない。私は小学校三年生のときに父と一緒に楚洲小学校へ転校したが、その年は複複式の三学年一緒の授業だった。さすがに父の思いもあったのであろう。翌年には二学年一緒の複式になったが、中学一年を終えるまで単学年のクラスで授業を受けたことは一度もなかった。父が記したように「一つの小さな砂場と、一つのブランコが校庭の隅にあった」ことは明確に覚えている。手の届かない高い鉄棒もあったはずだ。

学校生活での不自由さとは別に、海や山や川の大自然に抱かれて遊んだ懐かしい思い出が、優しかった村人たちの顔と重なって浮かび上がってくる。父が亡くなった今は、その思い出がさらに当時の父の元気な姿と重なって甦ってくる……。

母との思い出も限りがない。どれもこれも私たちに対する母の優しい心遣いを髣髴させる思い出だ。その一つに、クリスマスの日のことがある。

私と二人の弟は、楚洲に移っても、当然クリスマスの日には、いつものようにプレゼントをもらえるものと思っていた。私たちには、楚洲で迎える最初のクリスマスであったが、いつものように松の枝を切ってきて樅の木に見立て、さらにいつも以上にきらびやかに飾り物を取り付けた。そして、サンタクロースの豪華なプレゼントを期待して寝床についた。

しかし、翌朝目を覚ますと、それぞれの枕元には古新聞紙で包んだ黒砂糖が一袋ずつ置かれているだけであった。明らかに母の仕業である。私は、とっさに、サンタクロースなどいないこと、これまでその役を母がしてきたことを直感した。しかし、二人の弟はこのことに気づかない。サンタクロースの仕業に不平をこぼし泣き出した。私は、その二人の弟を強くたしなめた。母には、その黒砂糖が精一杯のプレゼントであることが分かったからだ。

当時、楚洲にはお菓子はなかった。共同売店はあったが、そこにあるのはどれもこれも生活の必需品か、もしくは腐らない食料品だけであった。アデカ石鹸やイワシの缶詰、メリケン粉やソーメンなどである。菓子類などの嗜好品は置いていなかった。黒砂糖を新聞紙で包んだプレゼントは、母の苦肉の策であったのだ。私には、母の私たちへの愛情が痛いほどに分かった。

その後も、母の愛情を感じたことは度々あった。その一つは、さらに父を憎むほどに私たちのために尽くした母の姿がある。

それは、小学校の五年生になった年のことである。その年に、学校では全校生徒にパンとミルクが給食で配られることになった。山間の小さな学校にもパン給食が実施されるのだ。私たちは全員が喜んだ。たぶん、父母たちもそうであったはずだ。

ところが、すぐにそれは父母たちの献身的な犠牲の上に成り立っていることが分かった。パンは、約十五キロ余も離れた遠い隣の奥村から、父母たちが毎日交替で全校生徒分を担いで来ることが分かったのだ。

たぶん、父はそのような障壁をも乗り越えて、子どもたちにパン給食を与えることに教育者としての意義を見いだしたのだろう。またそれに父母たちも賛成したのであろう。奥村から楚洲までの道は、反対側の安田から楚洲までと同じく、自動車が通る道はおろか、人馬さえも通れないような道なき道である。その道を歩いて、当時六十四人分の全校生徒のパンを父母たちが毎日運ぶのである。

パンを運ぶのは、主に母親たちの役目であった。木の箱にパンを詰め、帯紐を通して篭のようにそれを背負い運んで来るのだ。私の母も、学校へ子どもを預けている母親の一人として、そのパンを運ぶ作業を引き受けたのである。どのような経緯でそうなったかは知らない。たぶん、村人の止めるのも聞かずにそうなったのであろう。また、そこには、率先して範を示すべきだとする父の意向もあり、母の意志もあったはずだ。

しかし、そのようになったことを私は父のせいにして父を憎んだ。私はその道の険しさを知っていたからだ。

母は、自分の当番の日は、日帰りをする村の母親たちと違って、前日に奥村の校長住宅で泊まり、朝早くその村を発ってきた。母が隣村に泊まりに行った晩は、父が夕食を作った。そして翌朝も父の作った食事を食べた。

その日の昼過ぎには、母の姿を、今か今かと教室から窓辺に視線を投げて待ち続けた。子どもながらも母の苦労が哀れでならなかった。

母は、その時もそうであったが、常に父と共に生きた。五年ごとに代わる父の赴任地で、父と母は、その土地土地の人々の生活に溶け込もうとして生活を一変させた。

父の赴任地は、そのほとんどが田舎の学校であったので、母は、土地の人々と同じように畑を耕し芋を植え、豚を飼い、鶏を飼った。南洋の地で一人の息子を亡くし、また楚洲でも、危うくもう一人の息子をハブに咬まれて亡くするところであった。それでも父と母は、手を携えて生きてきたのだ。

母の人生は、たぶん父の人生であった。否、父の人生こそが母のすべてであったのだ。母は、その最愛の伴侶を失ったのである。

10

私が最初の赴任校H高校からT高校を経てC高校へ赴任して二年めの春を迎えた。父が死んでから満十年が過ぎたことになる。母が金武町に移り住んでから五年経っていた。

母は、そのころから盛んに足の痛みを訴えるようになった。そして、いかにも痛々しげに足を引きずるようにして歩くようになった。何度か私たちは母を病院へ連れて行き、その原因を調べてもらったが、結果はいつでもたいしたことはなかった。医者は、精神的なストレスが原因であろうと、私たちに告げた。しかし、このことが、逆に母にはストレスを溜まらせた。

母は怒りっぽくなっている。いつもイライラしている。時には、ひどく慇懃《いんぎん》な態度で私たちに接し、時には丁寧な言葉遣いで私たちを戸惑わせた。あるいは朦朧としたままで粗相《そそう》をするようになった。母に認知症の徴候が現れたのである。

ある日、母がしゃがんだままで周りを気にした様子で畳の上をふきとっている姿を見た時、私は見てはならないものを見てしまったようで哀しくなった。あるいは、このことを黙っていることで母の気持ちは辛うじてバランスを保っているのかもしれない。私は、母の姿を打ち消した。

　だが、すでに私の妻はこのことに気づいていた。初めはまさかと思ったが、今では母であることはもう疑いの余地がなかった。猫の糞のようにジュウタンや畳の上に粗相をしていたのだ。それには、母も恥じているようだった。

　自ら片付けるならまだいいが、粗相をしているのを気づかないことがある。黙って妻と私が片付ける。私も母にこのことを言い出せない。言うと母のすべてを駄目にするような気がして不安になる。母も、このことを隠すことによって最後の羞恥心をなくさずにいるのだろう。そっと自ら雑巾がけをしているのだ。

　また、そればかりではない。窓を開けてほとんど裸同然で着替えることなど平気である。兄に母の粗相のことを話すと、兄もこのことにはすでに気づいていたようだ。兄の家ではトイレを汚されて困っているという。明らかに手でこすりつけたと思われる便が、壁や便器に残っているという。母は精神の安定を欠いて、人間として持つべき生理や習慣が破綻してしまったのだ。父が存命していたころは、恥じらいも品位もあったのに、今は醜く老いてしまった。

　だが母は、いつもそのように粗相をしているわけではなかった。機嫌の良い時には、態度や素振りさえ若々しく矍鑠《かくしゃく》としていた。母は、いつの間にか感情の起伏の激しい人になっていた。自らの精神の状態によって、日々老人にもなり、日々幼児にもなり、また優しい母にもなった。

やがて粗相の原因が分かったと兄から連絡があった。母は必要以上に精神安定剤を服用しているせいだと言う。医者の指示を間違えて倍近い量の服用に兄が気づいたのだった。迂闊と言えば私たちも迂闊であった。

薬の量を減らすと、やがて兄の予想どおり、粗相をすることは少なくなっていった。母はぼけたのではなかったのだ。このことに、ほっとして胸を撫で下ろした。しかし、たぶん、私もそのように老いるのかもしれない。人はだれでもが老いるのだ。

母は相変わらず足を引きずり、引きずったままであちらこちらと歩き回って、愚痴をこぼしている。私は、職場の同僚へ、ひょんなことからいつまでも治らない母の足のことを話すと、鍼《はり》治療はどうかと勧められた。

母は、以前に入院して精密検査を受けたことも何度かあったが、内臓などどこにも異常がなかった。すこぶる健康。余り食べ過ぎないようにと言われただけだ。他にも二か所、病院を変えて検査を受けた。どこでも判を押したように異常なしという答えが返ってきた。それでも母は、足を引きずって歩く。あるいは、兄の薬局から、湿布薬をもらい、ベタベタと貼って匂いを撒きちらしている。

鍼治療も、効果がなくてもともと、母へ電話をしてこのことを話してみる。すると母は、驚く程の喜びようで承諾した。すぐに今日、行ってみたい。職場からの帰りに迎えに来て欲しいという。言いだしたらきかない。そんなに急がなくてもいいと思うが、兄に電話してこのことを承諾してもらって迎えに行く。

母が頻繁に足の痛みを訴え、引きずって歩くようになったのは、金武町へ引っ越す一、二年前からであった。引っ越してからは、だれの目にもそれと分かるように足を引きずった。今日では、それが余計に老いを感じさせる。雨の日にも、晴れた日にも、杖がわりにこうもり傘を持ってギク、シャク、ギク、シャクと歩いている。

このようにして、母は相変わらず父の分まで頑張るつもりでいる。親戚の法事や慶事は絶対に見逃さないし欠かさない。足は、気持ちのいい時にはほとんど痛まないようで、母はひょうきんな少女になり私たちの前で笑って走ってみせる。しかし、機嫌の悪い時や、息子たちが集まる時には、これみよがしに部屋いっぱいに湿布薬を広げ、強い匂いを撒き散らす。そして、しかめ面をして足を擦《さす》っている。どこまでが本当か、どこから無理をしているのか、私たちにはまるでその境が見えない。安静にしておれば治ると自らにも言い聞かせていながら、一日たりとて安静にしていたことはない。本当に足が痛いのか、痛くないのか、私たちにはもう分からない。分からないことが母のことでは多すぎる。

同僚に教えてもらった目当ての鍼灸《しんきゅう》院は、すぐに見つけることができた。鍼師《はり》へ母の状態を説明する。受付も鍼師自らが行っている小さな鍼灸院だ。五十歳前後の年齢と思われる鍼師は、うんうん、うなずいて母をベッドへ上らせた。そして、ぶよぶよに緩《ゆる》んだ皺くちゃの足を突き出させ、膝の部分を盛んに揉みながら鍼を打ち始めた。母は、その度に顔をしかめ、そして何度か小さく悲鳴を上げた。私は治療室を出て、待合室で待つことにした。

待合室は僅かに三畳程の広さで、古びたソファーが一つ高窓を背にポツンと置かれている。治療室とはドア一つで仕切られ、いかにも閑散としていた。壁には、十数年も前に貼ったと思われる汚れた時代もののプロマイドやカレンダーが埃を被って色褪せている。その一つに、美空ひばりのプロマイドがあった。にっこりと笑っている。不釣合いな程に若いころの写真である。

母は、美空ひばりを知っているだろうか。突然、わけもなくこのことが気になってきた。母が美空ひばりの歌を口ずさんでいるのを一度も聞いたことがない。母と美空ひばりを結び付ける記憶を呼び出そうとするが、何一つ引き出せない。逆に父や、姉や、家族の記憶が浮かんできて、母のことが余計に、なおざりになる。

父だけではない。私もきっと死ぬ。母も父の死の年齢を超えた。それでも壁のプロマイドの写真は、にっこりと笑みを浮かべたままだった。

母の悲鳴が聞こえてきた。治療室からだ。朦朧とした記憶と眠気に沈んでいく私の耳に、間欠的に悲鳴をあげている母の声が聞こえてきた。夢か現実か、私の意識も、私の存在もが母の悲鳴と重なっていた。母の悲鳴は、私の脳裏で、いつまでも鳴り続けた。

第3章　息子の庭

1

パラオ国際空港に着いたのは、現地時間の夜七時二十五分だった。現地時間と言っても日本との時差はない。コンチネンタル航空CO953機は、着陸してからも意外と長いランニングを続けていたので、予想以上に大きな空港かもしれないと思った。タラップを降りると夜風が冷たく、辺りはすでに闇に包まれていた。

パラオは、父と母が、戦争を挟んでの六年間を共に過ごした土地だ。その母の手を引いて、私たちはターミナルビルまでの距離をゆっくりとした母の歩調に合わせて歩いた。茅で葺いた小さなゲートをくぐり、パスポートを提示するために、すでに四列に並んだ百名ほどの隊列の後尾に着いた。

やはり、予想どおりの小さな空港であることが徐々に分かってきた。夜風に晒されて歩いたことや、一国の表玄関であるにも関わらず、ターミナルビルは小さな倉庫のように殺伐としていたからだ。天井は異様に高く、形の古い大型の扇風機が不器用にぶら下がって音立てて廻っていた。白いペンキを塗ったコンクリートの壁には、何の飾り付けもない。窓が一つ、滑走路の側に向かって小さく切り取られている。

四人の男女の係官は、四人ともがそれぞれに持ち寄せてきたかと思われるほどの質素な机を置いて、たんたんとパスポートへサインをしスタンプを押していた。しかし、そんな係官のゆったりとした作業が、私には微笑ましかった。懐かしい風景を見るような奇妙な親近感を覚えた。たぶん、皆もそうだったのだろう。だれ一人慌てる者もなく、私たちは乗客の最後尾の一団としてその前を通り抜けた。

待合室には、現地でガイドをしてくれる大柄な女性が笑顔で迎えに来てくれていた。私たちの出てくるのが余りにも遅いので、やや疲れた表情も見えたが、慌ただしく挨拶を済ませ、指示に従い、十一人乗りの二台のワゴン車の一つに、私たち九人は身体を寄せ合い膝を合わせて乗り込んだ。他の一台は座椅子が取り外され荷物専用車になっており、あっという間に私たちの荷物が放り込まれていた。

闇の中をワゴン車が走り出す。いよいよパラオなんだ。父や母や、兄や姉たちがこの地に住んでいたのだと思うと、見えるはずもない暗闇の中を流れる窓外の景色に思わず目を凝らした。父や母や姉たちは、昭和十六年から二十一年までのおよそ六年間、この地で笑い、この地で泣き、この地で死線をくぐり抜けたのだ……。

母は大正五年八月の生まれで、今年でちょうど八十歳になる。ここ十数年間は、長兄の家族と一緒に住んでいるが、五、六年ほど前からぼけがまだらに現われて、私たちも首をかしげるほどの不可解な言動をするようになった。

私たちは、あるいはアルツハイマー病が原因の認知症ではないかと疑った。末弟の義父を同じ病で喪ったばかりだったから、アルツハイマー病がどういうものか、おおよその見当はついていた。

アルツハイマー病は脳が萎縮する病気で、その原因も治療法も現代の医学では解明されていない。現代では癌と同じほどに難病の一つで、診断を下されて入院してから、統計学上の数字では二年ほどで末期的な症状が現われ死が訪れるという。

ここ数年の母の振る舞いはその病気を患っていることを充分に窺わせるものであった。私たちは、いよいよ覚悟をせねばならない時が近づいているのかと不安に陥った。同時にだれでもが避けることのできない老人性のぼけだろうとも思っていた。あるいは、そのように思いたかったのかもしれない。それは、だれでもが通る人生の道のりだし、私たちもまたそのようにして老いるのだと、寂しくもあるが、楽観的に眺めてもいた。

しかし、余りにもその症状がひどいので、親族の紹介を得て精神科の医師に診断を仰いだ。医師は、私たちの予想どおり母の記憶力の著しい減退を指摘したが、心配するようなアルツハイマー病ではなく、おそらく頭部に水頭症らしきものが認められるので、このために脳内の血管が圧迫され、その影響でぼけが激しく起こっている可能性が高いとして、県立の総合病院で精密検査を受けるようにと勧めてくれた。

水頭症とは、脳室に髄液が過剰に溜まって脳を圧迫し、さまざまな症状を引き起こす病気だという。特発性正常圧水頭症は、高齢になってから発症する原因が特定できない病で、主に特徴的な三つの症状が現れるという。うまく歩けない「歩行障害」、ぼーっとして口数が少なくなる「認知症」、そして排尿に失敗する「尿失禁」の三症状だ。いずれの症状も母の症状と重なるように思われた。

数週間後、私たちは医師の勧めに従って母を県立の総合病院へ連れていき精密検査を受けさせた。医師の予想どおり水頭症による認知症だと診断された。現代の医学では、水頭症の治療方法は髄液シャント術という手術治療のみで、脳室にチューブを入れて、そのチューブを皮膚の下を通してお腹の中に入れ、余分な脳髄液を吸収させるという。また、薬で水頭症を治すことはできないが、できるだけ家族が身近にいて話し相手になってやることが、母の症状には最もよい治療方法の一つだとも助言された。

　私たちは迷ったが、後者を選択した。八十歳を越える高齢の母の体力を考えると、リスクのある手術を選択することは、ためらわれた。アルツハイマー病が原因でないことにはほっと胸を撫で下ろしたものの、水頭症が原因の認知症の母と今後とも生活することを余儀なくされることは理解できた。いずれにしろ、母の日々の言動は、脳の機能が低下していることを示すものであることは確かなことだった。

　翻って考えるに、母と一緒に暮らしている兄からは、母の言動がおかしいことは何度も指摘があった。

　兄夫婦は、本島北部の金武町で薬局を経営していた。三人の子どもがいたが、一番上の長女は、高校を卒業した後、看護師になるために上京し、二番目の長男は高校生、三番目の次女は小学生だった。薬局は、海辺にある住宅とは別に、数キロ離れた賑やかな町の中央通りにあったから、兄夫婦が出かけた後は、母が一人だけで留守を預った。しかし、古稀の年齢を過ぎると、時々訪ねて行く私たちの目にも、母の言動が異様に映るようになり、首を傾げることが多くなっていた。

　兄からは、盛んに母の変化を言われたが、にわかには信じ難かった。しかし、兄の家から母を連れ出して私の家に泊めると、母の言動は紛れもなく兄の言葉どおりであった。同じことを何度も繰り返し尋ね、何度もぶつぶつと言い続けた。私や娘の名前を、兄や兄の娘の名前と何度も取り違えた。兄の家から私の家に移ったことが、どうしてもすぐには理解できないようだった。亡くなった伯母のことなども、亡くなったことさえ忘れていて、突然会いたいとせがむ。ハンドバックを抱えては、周りの塵やティッシュなどをいっぱい詰め込んではまた取り出す動作を飽きもせずにいつまでも繰り返した。朝食が済んだ直後に、私のために朝食を準備すると言う。ソファーに座ったままで粗相をする。数え上げれば、きりがなかった。

認知症と診断された以降、母の症状はいよいよ剥き出しになっていった。母を自宅に泊める時は、二人の娘のベッドを貸してもらい、その一つに母を寝かせ、もう一つに私が寝る。寝る前にトイレに連れて行って充分注意してベッドに寝かせるのだが、やはりベッドを濡らしてしまう。小水が老人用のオムツからあふれ出る。臭《くさ》いにおいに耐えられないので夜中に始末をするのだが、それが一苦労だ。母の身体を抱き起こして、シーツを代える。母は恥ずかしさを通り越して無感動な表情で蝋人形のようにされるがままに座っている。時には、依怙地になって濡れたオムツを代えさせまいと両手で握りしめる。その姿を見ていると、なんともやりきれない。

母は、足が痛いと言って一人では歩かない。歩かないが、一緒にどこにでもついて行きたがる。足の痛さは、気分によってだいぶ左右されるので、私たちは半分信用していないのだが、足指の側面が内側にめくれてしまって歩きにくそうであることは確かだ。もちろん医師に診てもらったが異常はない。

はじめのころは、人前で母の手を取って歩くことがなんとなく照れ臭かったが、もう今ではなんともない。

兄は薬局にも行かねばならず、四六時中母と一緒に居るわけにもいかないので一人にして出掛けることもあったが、やがてそれが難しくなった。目を離すと、家を飛び出しタクシーに乗ってどこかへ出掛けるのだ。出掛けると帰ってくることができなくなった。二度ほど、深夜の交番所へ、保護された母を迎えに行ったことがある。一度目は、人気のない午前二時の普天間市場で保護された。一人でうろうろしている所を通行人からの連絡で警察が保護し、警察から末弟の家に電話があり、末弟から私に電話があって二人で迎えに行った。

母は、警察に保護されているという事態を理解できていないようであった。周りの警察官に、にこにこと話しかけて私たちを待っていた。

「先生方は、私のことをよく知っていらっしゃるよ」

私たちが、交番所に入ると一番最初に母が私たちにかけた言葉である。恐縮して末弟と共にお礼を述べた。先生方と呼ばれた警察官は、苦笑しながら私たちに向かって注意した。

「しっかりと連絡場所を明記した紙を持たせていて下さいよ」

母は、何を尋ねてもチンプンカンプンの応答をしたらしい。やっとのことで母のハンドバックから、擦り切れた末弟の名刺を探し出したということだった。

かつては、うるさいほど頻繁に私たちの家へ電話をかけてきた母が、今では自分で電話をかけることもできなくなっている。私たちの電話番号を忘れ、メモを忘れ、あるいは連絡の必要があっても電話をかけるという行為さえ忘れている。

二度目は沖縄市の長姉の家から飛び出して行方不明になり、長姉を狼狽させた。半日後、深夜の嘉間良《かまら》交番所から連絡が入った。長姉の自宅からは、わずかに目と鼻の先にある交番所である。

母の放浪癖はそれだけにとどまらず、一人で本島最北端の地にある辺土名《へんとな》のバス停留所前を、ふらふらと歩いているのを保護された。また、金武町と反対側の本島西海岸の仲泊の路上を、足を引きずりながら歩いているのを保護されたこともある。なぜ、そのような所へ出掛けるのかは、本人に問いただしても答えない。なぜだか、本人も忘れてしまっている。ただ、私たちがあれやこれやと詮索するだけだ。

それよりも何よりも、見知らぬ人へ、にこにこと親しげに声をかけては戸惑らせ、親しい人にはチンプンカンプンな受け答えをしては驚かせている。その母の後から、私たちのだれかが付いてまわり、その無礼を詫びなければならなかった。

兄は、母の症状の不安から、日中はデイサービスのあるH病院へ送迎バスを利用して通院させていたのだが、それも困難になった。兄は私たち姉弟を呼んで母の面倒を見ることはもう限界であることを告げた。それは、あるいは私たちから言い出すべきことであったかもしれなかった。

兄は、ゆっくりと決意を語ったが、私たちのだれもが沈黙した。これまでにも、母を老人保養施設や病院へ入院させようという話は何度も交わされていた。実際私も自宅の近くにある老人保養施設を訪ね、説明を受けパンフレットを貰ったことがある。しかし、係職員の話を聞き、いつでも自由に母を連れ出せない不自由さや、毎土曜日ごとに外泊するのであればもっと困っている人を優先して預りたいという施設の方針に母を預けることに積極的になれないでいた。

二人の姉や二人の弟たちも、兄の苦労を知っていた。肉親のだれかが母と一緒に暮らすことができれば、それが一番望ましい方法であったが、それができなかった。母の状態を話す兄の言葉に、重い沈黙が流れる。それぞれに、母との思い出や、母の不可解な言動を語るだけだった。

私の方から口火を切った。

「自分が世話を見ることができない以上、だれかにお願いすることもできない。心残りだが、やむを得ないだろう。施設に預けよう……」

私は、おおむね兄の意見を支持し賛成する内容の話をした。その言葉を待っていたかのように、長姉が、母の世話をみたいとまくしたてるように話し出した。皆、黙って聞いた。長姉は、ずーっと前から考えていたようだ。しまいには涙声になっていた。

「母さんは、すっかりぼけたわけではないの。まだ私たちを忘れてはいないわ。私たちがだれだか、全く分からなくなるまで、今度は私が頑張ってみるわ。お願い、そうさせてちょうだい。父さんが、そうしなさいと言っているみたいなの……」

長姉の言葉に、だれも異存があるわけではなかった。できればそれが一番いい方法だ。たとえぼけたとはいえ、母親の面倒をみずに、他人の手に委ねることは、どことなく後ろめたい。末弟の義父は、施設へ預けたばかりに、ベッドに縛りつけられるようにしてあっという間に記憶を喪っていったことをだれもが知っていた。入院すれば、あっという間に母も私たちを忘れてしまうだろう。

私たちの意見は、長姉が母の面倒を見やすいように条件をいかに整えていくかに移っていった。長姉家族の理解を得ること、経済的な負担を皆で分かち合うこと、長姉を励ましてやるためにもできるだけ多く長姉の家を訪問すること、義兄に具体的にお願いにあがること、など、懐かしい母との思い出を交えながら、泣き笑いの声で語り合った。

しかし、長姉が精一杯の決意で母との生活を始めても、当然のことながらぼけの進行は止むことはなかった。長姉の都合の悪い時は、私たちのだれかが代わって面倒をみるのだが、新しく建て替えた私の家は、何度連れてきても私の家と理解できなかった。

「ここは、どこなの？　あんたもここに寝るの？」

母は、私の家の門に着く度に私に尋ねた。

「そうだよ、ここで一緒に寝るんだよ」

私がそう答えると、母は奇妙な感心をした。そして、家に入ると、何度説明しても出口やトイレを探すことができなかった。

台所の洗剤をジュースだといって私に勧める。飾り棚にある旅行地の思い出の小石を黒砂糖を見つけたといって私に勧める。勧めた後は、けろっと、このことを忘れている。障子の前で立ったままで足踏みをし一時間余も四角い縁を指先でなぞり続ける。母の奇妙な行動に、いたたまれなくなることは何度もあった。

長姉の家に連れ帰った時にも、「着いたよ」と声をかけると、母は焦点の定まらない目で私を見て、財布を何度も開け閉めした後で、丁寧に尋ねた。

「おいくらですか？」

私は、何のことだが一瞬理解できなかった。狼狽した。母の目が死んだように淀《よど》んでいる。背筋が寒くなり、母が母でなくなったような恐怖を感じて固まった。

事態が飲み込めた時はショックだった。私はタクシー運転手と間違えられたのだ。母は、あるはずのないメーターを私の目前で必死に覗き見るしぐさを繰り返していた。やがて、私の説明に一瞬我に返ったような顔になって車を降りる。が、車を降りても、やはりここがどこだか分からない、というような不思議な顔をする。理解をするのに時間がかかる。いや、理解をしているかどうかも疑わしかった。

車が信号待ちで停止すると、勝手にドアを開けておしっこをしようとする。もちろん交通の激しい十字路の交差点でもお構いなしだ。気が気でない。座席にはビニールシートを敷いてその上に座らせた。座った助手席で、眼鏡をティッシュでくるんで掛け、前が見えないと喚いた。笑うに笑えなかった。

半年が過ぎた。小さな食堂を営んでいる長姉には、やはり限界だった。別な事情もあって、長姉は、仕方なく母を手放さなければならなくなった。その仕方のない事情を私たちは知っていた。

パラオの旅は、母を励まし、長姉を励ますための旅でもあった。この旅が終われば、母は私たちのどの家族からも離れて、病院と保養施設の一緒になった「福寿荘」へ入所させる予定であった。

2

私たちは、闇の中を三〇分ほどワゴン車に揺られて、パラオ諸島の中でも政治経済の中心地コロール島にあるパラオ・マリーナホテルに到着した。今回の旅の計画を具体化し、渉外役を一手に引き受けてくれた次弟が、フロントでチェックインの手続きを取った。その間、私たちは思い思いにソファに腰掛けてくつろいだ。

母は、やはりと言うべきか、私たちの感慨をよそに一人泰然としていた。パラオに着いたということを、あるいは理解していないように思われた。

「母さん……、母さんが住んでいたパラオに着いたよ。みんなで一緒に来ることができてよかったね」

私たちは、母の傍らに座りそれぞれが声をかけた。が、母は上の空でうなずくだけだった。目をきょろきょろと動かして、やがて落ち着かない様子で立ち上がった。母の関心が別のところにあることはすぐに分かった。

「お菓子を買いたい。飲み物はどこにあるのかねえ」

そう言うと、母は立ち上がって歩き出した。たぶん、周りに子どもの私たち皆が久しぶりに揃っているので、嬉しくてしようがないのだろう。お菓子や飲み物を買い与えたいと思っているのだ。

「ここには、飲み物もお菓子もないよ」

そう言っても聞き分けない。私たちの手を強く振り払ってぶつぶつ、つぶやきながらロビーの中を歩き廻った。

「隣にレストランがあるから、後で、母さんにビールをおごってもらおうね」

そんなふうに言って、やっとのことで落ち着かせる。母は不承不承ソファに座ったが、なおも不満そうにぶつぶつとつぶやいている。

次弟が、あらためて現地のガイドを私たちに紹介した。名前はルビーさんと言った。私たちは拍手でルビーさんとの出会いを喜び、素敵な名前だと褒めた。ルビーさんは、盛んに照れていたが、明日の日程を流暢な日本語で告げると、再会を期して帰っていった。それから、私たちは部屋割りをして、荷物を部屋に置いて、十分後にもう一度フロントの前で集まり、レストランで夕食を取ることにした。数人の係りの少年たちが、私たちの周りにまといついて荷物を運び始めた。

レストランでは、赤一色のワンピースを着けた現地のウェイトレスが五名ほどで食事の準備をしてくれた。九名一緒の席につきたいと言うと、マスターがやって来て、機嫌よく机を寄せて座席を作ってくれた。

母と二人の姉、兄と私と弟二人、そして従姉と母の妹である叔母とを合わせて九人である。ツアーとしての団体の人数は八人からだということで、常日ごろから親しくしている叔母に同行を願うと快く参加してくれた。さらに、長い教員生活を終えたばかりの従姉が、私たちの計画を聞いて飛び込みで参加した。もちろん、私たちは歓迎した。

現地人のマスターは、とても陽気な男だった。次弟と末弟は仕事の関係上、英語が達者であったが、私たちがカタコトで話す英語にも陽気に答えてくれた。勢い余って、レストランの片隅においているエレクトーンを弾いて日本語で演歌まで歌ってくれた。私たちも、マスターの弾く曲に合わせて、マイクを握って演歌を歌った。姉たちは席を立って、演歌に合わせて即興の振り付けをして踊った。ウエイトレスたちも、皆拍手喝采をして、レストランはあっという間に賑やかな親善舞踊会場になった。長姉が一番に感慨深そうで幼いころにこの地で覚えた現地の踊りを陽気に振り付けて腰を振って踊ってみせた。皆は笑い転げて、そして涙をぬぐった。

レストランでの食事が終わった後、私たちはそれぞれの部屋に引き上げた。風呂を使い終わったころ、隣の部屋の二人の弟たちが私たちの部屋にやって来た。兄と私が一緒の部屋で、長姉と母と叔母、次姉と従姉との組み合わせで部屋を割り当てていた。持ち寄せてきた泡盛を飲みながら、この旅は母と同時に、長姉を慰労する旅であることをも思い出した。

この旅が終われば、長姉の元から母を引き取らねばならなかった。ぼけた母とはいえ、母と一緒にいたこの数か月間は幸せであったと長姉は言ったが、長姉の息子たちや夫の意向を無視することもできなかった。

父が入院中に記した手記には、家族のことや家族への思いは一切記されていなかった。むしろこのことを頑なに避けているかのような印象さえ持った。学校や仕事のことがほとんどであった。

しかし、私たち兄弟四人の脳裏には両親の優しさが消えることなく鮮やかに刻まれていた。泡盛を口にしながら、異国の地で語られる四人の息子たちの記憶に、父や母は苦笑しただろう。兄や弟たちの話しには初めて聞くことが多く私も驚いた。

次弟の次のような話しも、初めて聞くことだった。

「ぼくは学生のころ、オートバイで全国一周をしたんだ。九州から北海道までだ。当時何でも見てやろうという小田実などの提言に感銘を受けていたこともあったが、現地の大学に入学したものの、学ぶ意欲も生きる意欲も探しあぐねていた。だから、オートバイの免許を取り、アルバイトで貯めたお金でオートバイを買い、沖縄を出て日本一周の旅に出たんだ」

「途中、京都で父に会った。驚いた」

「えっ」

私たちも驚いた。

「実は、ぼくは無銭旅行だったので野宿することも多かった。途中で何人かの親族や友人たちを訪ねて一夜の宿を頼んで転がり込んだ。京都にはみんなも知っているとおり従姉が教員をしていたので、その家を訪ねた。翌朝、小雨が降っていたんだが、その家を出ると玄関先に父が立っていたんだ。少ない言葉で、ぼくを激励した後、紙封筒を渡して立ち去った。ぼくは、突然のことで何が起こったか理解するのが難しかった。夢を見ているのではないかと思った。紙封筒にはお金が入っていた。このことに気づき我に返った時には、父の後ろ姿は目の前から消えて行くところだった。その背中をずっと眺めていた……」

「父にはオートバイで旅行することは伝えていたが、詳しい日程などは伝えていなかった。母には、時々無事であることを伝えてはいたけれど、なぜ父が京都に来ていたのかは今でも分からない。その日に重なるように学校長としての出張があったのかも分からない。不思議なことだった」

「ぼくは、青い鳥を見つけるために日本一周を試みたのだが、結局青い鳥は身近にいたということだよね。足元にいたことに気づいたんだ。ぼくはそれから新たな夢を持ち、東京の大学に進学して学び直した」

「ぼくは困難なことに直面すると、いつも親父ならどうするだろうかと考えた。あの雨の中を立ち去っていった親父の背中を思い出した。親父の写真は、いつも身近に置いてある。親父の結論を自分の結論として生きてきたようなところがある」

次弟は感慨深そうに話し、少し言葉に詰まるところもあった。きっと親父の背中が瞼に浮かんでいたのだろう。話し終えて明るい笑みを浮かべた。

その後はみんな、思い思いに懐かしい父や母の記憶を披瀝しあった。

「母さんの作るパンケーキは美味しかったなあ」

「あんこいっぱいのぼた餅もね」

「母さんは、父さんの影になって、そっと生きてきたようなところがあったが、案外頑固で行動的なところもあったよね」

「名古屋の大学にいるぼくの所へ、一人で訪ねてきたことがあった。姉が空港から送り出したものだったが、和装をして矍鑠《かくしゃく》としていた。驚いたよ。姉の話では、口と耳があればどこへでも行けると自慢していたそうだ」

「全く想像もつかない行動力だね」

「ぼくが勤めていた石垣島の学校にも訪ねて来たことがあったよ。やはり一人でだよ、飛行機に乗って一人で来たんだ」

「ぼくの職場にもサーターアンダギーを持ってきて、息子をよろしくお願いしますと頭を下げていた」

「それ、三月カーシ（菓子）じゃないか、手製のね」

「ぼくは随分、母さんを心配させたけれど、東京にいるころにはアンダミスー（油味噌）とポークと三月ガーシを何度も送ってもらった。アンダミスーには豚肉が入っていた。ご飯が進んだね。そして、さりげなく封筒にはお金が入っていた。ちょっとしたコメントなども書き添えられてね」

「ぼくは父さんには怒られたことも、叩かれたことも一度もなかったな」

「たぶん、みんなそうだろう」

「そうだね、その分、母さんは苦労をしたかもしれないね」

「ぼくは、父さんが入院しているとき、兄貴と一緒になって丸山ワクチンを手に入れたことが強く思い出に残っている」

「丸山ワクチンはまだ治験薬で効果が疑問視されていた。でもぼくたちは主治医を説得して必死に父を助けたいと思った。父を必死になって助けようとしている家族であることが嬉しかった」

「教員になった自分は、父のような教員になりたかった。父の背中を見て努力した。父は転勤先で地域や保護者との関係を常に大切にした。家々を母と一緒に回って挨拶を交わし、校長室には全生徒の顔写真を壁に貼り付けていた。名前を覚えようとしたんだ。常に地域の父母や生徒に寄り添った」

「父を見ていると、人との出会いは宝物だという印象を受けたな」

「姉さんの話だけど、親父は最初の子である姉さんの育児日記もつけていたようだよ」

「姉さんは洋裁が好きで、ミシンを買ってもらったことがあると言っていた。そのミシンを大切にして嫁入り道具の一つにしたんだって」

「次姉の長男の名前は、確か親父が名付けたはずだ。門の前からいつも大きな声で孫の名を呼んで訪ねてきたというんだ。次男が嫉妬して、じいちゃん、ぼくの名前も呼んでよ、と言うと、律儀にも次から二人の名前を呼んで入ってきたというんだ」

「愉快なエピソードだね」

「その孫は、小学校二年生のころ、じいちゃんやばあちゃんと一緒に家族旅行をして大阪城を見学したことがあったが、大阪城でじいちゃんと相撲を取ったことが忘れられないそうだ」

「ぼくには楚洲での思い出が沢山あるなあ。父さんと母さんが二人一緒に畑を耕した後、縁側でくつろいで茶を飲んでいた姿は忘れられない。笑顔を浮かべて幸せそうだった」

「いつも幸せそうだったよ。二人は仲良しだった。ぼくたちの前でも、遠慮することなく二人一緒に風呂に入って背中を流し合っていた」

「楚洲には散髪屋さんがないので、父さんがバリカンを使って散髪してくれたんだけど、痛かったなあ。刈るのではなく引っ張るんだものなあ」

「それでも」

「痛いと言えなかった。我慢した（笑い）」

「斧を振り下ろしての薪割りも父さんから習った」

「母さんからは米のとぎかたを教わった。水道がなかったから釜に米を入れて川まで歩いて行き、何度も米をといだ。よくこんなことをさせたなと思うよ」

「メリ（犬の名前）もいた。兎も飼った」

「大宜味では鶏も育てた。卵を抱かせて孵化させた」

「洗面器に水を入れて満月も観た。兎がいるはずだってな（笑い）」

「ぼくたちを育ててくれたんだな」

「父さんの手記には、家族への思いは全く書いていなかったけれど」

「やっぱり、父さんにも母さんにも、家族が一番だったんだと思うよ」

　私たちの話はなかなか尽きることはなかった。

　パラオでの一日目の夜はあっという間に過ぎていった。数頭の犬の鳴き声が、遠くから闇の中を流れて聞こえてきた。

3

翌朝、私たちは、ホテルを午前九時半に出発する予定であったが、朝食を早く済ませたので、ロビーや前庭で、それぞれに思い思いの時間を過ごした。

マリーナホテルは、湾状の海に突き出た岩の上に建てられていた。海から飛び出した垂直な岩の外壁には、黄色い花をつけたノギクがからまって海面すれすれまで覆っていた。その上に、ホテルから延びたテラスが備えつけられており、足下まで迫った珊瑚礁の海で泳ぐ様々な熱帯魚を見ることができた。

ホテルの東側には、真っすぐに延びた突堤があり、漁船が数隻繋留されていた。その中の一隻には船主が乗り込み、エンジンを点検していた。その近くの突堤には筵《むしろ》を敷き、ピクニックにでも出かけるような雰囲気でゆったりと地べたに座り込んでいる十数人の一団がいた。たぶん、これらの人々を乗せる準備をしているのだろう。パラオは、二百余の島々からなる共和国である。しかし、だれも急いだ様子は見られない長閑《のどか》な風景であった。

その長閑な風景を引き裂くように、時々モーターボートが勇ましく波しぶきを立てて目前の小さな島とこのコロール島との間を通過した。その度に小さな波紋が足下の突堤まで押し寄せてきて、繋留している漁船を揺らした。いつの間にか一羽の白鷺が現われ、私たちの頭上を静かに飛び、そして去った。

父と母が二人の娘を連れてパラオへ渡ったのは昭和十六年のことである。昭和十一年に金武尋常高等小学校の訓導として辞令を受けてからおよそ五年間の教師生活を経ての渡南である。父と母は、パラオのこの青い空の下で、二人の夢を紡いだのだ。そして二人の姉と生まれたばかりの兄と共にパラオを離れ、昭和二十一年三月に久場崎に上陸する。このおよそ六年間をパラオの風に吹かれ、パラオの空の青さに抱かれて過ごしたのだ。

父の手記には、南洋庁拓殖部農林課勤務の職を得て門司経由のパラオ行きを次のように記している。

昭和十六年、三月三十一日、「小学校令施行規則第一二六条第二号後段ニ拠リ本職ヲ免ス一時恩給二三八円ヲ給ス」の辞令で五年の教職生活を離れた。

南洋庁拓殖部農林課勤務が決定されていたので家族四名勇躍、四月中旬に那覇港より出発した。義姉たちが福岡県戸畑市に一家を構えていたので、義父も一緒に福岡まで行くことになった。戸畑の義姉宅で三、四日滞在している間に、海軍志願で佐世保海兵団に入営していた義弟も休暇帰宅したので、久しぶりに義父を中心とした記念撮影が行われ、今も残っている。

海軍を満期除隊した次兄が門司まで来てくれて船室の世話や船中の注意などを受けた。固い握手を交わしたが、それが最後の別れになるとは予期もしなかった。

門司を出発して何日かしてサイパン島に着いた。赤道直下のヤップ島、ロタ島を経て、パラオ島に到着したのは五月十日であった。内地出発以来十日余りの船旅をしたのは生まれて初めての経験であった。即日南洋庁を訪問し、拓殖部農林課勤務月俸五一円給与の辞令を受けて新しい出発が始まった。

南洋群島は過ぐる第一次大戦で日本帝国の委任統治領となり、日本の南進政策の基地として軍事的にも経済的にも脚光を浴び、開発が行われ、南洋庁を中心にパラオ、サイパン、ヤップ、トラック、ポナペ、ヤルートと六つの支庁が置かれた。南洋庁官吏の待遇はすこぶるよく、俸給は内地勤務の二倍、勤務年数の加算（一倍半）があり、ボーナスが年四回支給され、特別休暇等で郷里訪問ができ、官吏天国であった。私も一〇二円の俸給で、赴任旅費が一、七六〇円支給されてびっくりした。パラオ島の生活も束の間、六月一〇日付けでトラック支庁拓殖課へ転勤を命じられた。

家族四人、六月末にトラック支庁のある夏島に赴任した。波止場から支庁のサンパン（はしけ）が迎えに来て荷物を運んでもらった。

トラック諸島は小学校の教科書で教材として取り扱われ、四季七曜島と日本の代表的花の名称を付けられた多くの島々から成り、支庁は夏島にあった。向かいの竹島には飛行場が完成し、海軍の大部隊が進駐していた。

宮下町の官舎に旅装を解いたが、近くに小学校があったので、感慨無量の思いを抱いた。トラック島は群島で一番島民の多いところで、二万人の島民がそれぞれの島々に散在し、各島に駐在所が設置されていた。殖産課の仕事は食糧の増産が至上命令で生産物は駐留日本軍隊に納入された。(以下略)

母は、ホテルを出て海の見える前庭のベンチに腰掛けていた。つばの付いた灰色の帽子をかぶり、紺のスラックスに花柄を散りばめた水色のブラウスを着け、白い小さなハンドバックを持ち、白いズックを履いている。傍らには、長姉がわざわざ母のために持参したテープレコーダーが置かれ、賑やかな沖縄民謡が流れていた。

しかし、母はその曲には全く関心を示さず、自分の小さなハンドバックを覗いて中身を出し入れしていた。それだけにとどまらず、ベンチに置いた叔母や従姉のバックをも開けて中身を取り出し始めた。長姉がたしなめると、機嫌を悪くして家へ帰ると言い出した。皆で、なんとかなだめて気持ちを落ち着かせたころ、ルビーさんの乗ったワゴン車が到着した。

ところが、母はその車を病院から自分だけを迎えに来てくれたデイサービスの車と間違えた。

「皆さん、さようなら。お世話になりました」

母の言葉に、私たちは顔を見合せて苦笑しワゴン車に乗り込んだ。乗り込んだ途端に、母は、私たちを歓迎した。

「皆さん、おはようございます。お世話になりますね」

母は、私たちを、デイサービスの職員と思っているのかもしれない。

「おはようございます」

私たちの戸惑いをよそに、ルビーさんが運転席から大きな声で挨拶をした。私たちも慌てて挨拶を返した。母は長姉の傍らに、おとなしく座っている。

まず、南洋神社や、国立博物館、貝博物館を見て廻った。博物館といっても小さな建物で、私たちの街ではどこにでもある一軒の人家ほどの大きさであった。南洋神社では、車を降りて参拝するために階段を昇り始めたが、とたんに激しいスコールに見舞われた。線香の火は、やっとの思いで点《とも》してもすぐに消えた。車に戻って身体をふいた。

「賢一兄の涙雨かな」と、だれかがつぶやいた。

賢一兄とは、このパラオで亡くなった私たちの戸籍上の長兄だ。昨夜から、賢一兄のことは話題になっていた。私たちは、父の遺影を大切に持参してきたのだが、賢一兄のことはすっかり忘れて、だれも持ってくることに気づかなかった。

叔母や従姉の話しによると、母はパラオに着いてワゴン車に乗った途端、座席の隅に小さな子どもが座っていると言い出したという。以来、何かにつけてその子の姿が見えると言っては叔母たちを驚かせているというのだ。

叔母たちは、私たちの背負うバッグや胸に抱いた荷物を見て、母はそう言うのだろうと思っているが、しかし、母には賢一兄の姿が見えているのではないかとも言うのだ。ここがパラオの地とは理解していないはずなのに、母の素振りを見ていると、賢一兄の姿でないとは言いきれない不思議な感慨に囚われてもいるというのだ。

ぼけているとはいえ、このパラオの風は、母の深層心理に触れるものがあるのだろうか。最初の男の子である賢一兄を、この異郷の地で生み、そして喪った母は、賢一兄の思い出を抱いて呆然と数年を過ごしたという。そんな母に、賢一兄は、会いに来たのだろうか。今、母にはどのような記憶が甦っているのだろうか。

南洋神社を後にすると、先ほどのスコールが嘘のようにからっと晴れ渡った。私たちは再び青空の下を、この旅の目的地の一つであるコロール公学校と隣接する官舎跡を目指した。

父は、昭和十六年に南洋開発庁職員として二人の娘を引き連れて九州門司を経由して、パラオに渡る。それより一足先にパラオに渡り、鰹漁業で成功を収めていた長兄の誘いを受け、教職を辞しての決意であった。

数年後、農業技師としての開発庁職員の仕事を辞し、請われて現地で教員として採用され、コロール公学校で再び教鞭をとる。待遇もすこぶる良くて、裕福な暮らしが続いたというが、戦争が激しくなった昭和十九年、コロール公学校はバベルダオブ島の奥地にあるアイミリーキ村へ疎開する。校舎の仮建築も済み、いよいよという時に父は召集される。

私たちの旅は、父が勤めたコロール公学校や住んでいた官舎跡、そしてアイミリーキ村を訪ねることが目的であった。その地を見て、あわよくば母の記憶が甦り、また元の穏やかな母になることに、だれもが淡い期待を抱いていたのである。もちろん絶望的な期待ではあったが、その絶望には、だれもが口をつぐんでいた。

パラオには、高層建築物はほとんどなかった。あったとしてもせいぜい二階か三階までである。ほとんどがコンクリートの平屋建てで、独特の急傾斜をもった三角屋根の建物が、ぽつりぽつりと道路の両側に点在していた。屋敷の境界を示す垣根などは一切なく、道路と住宅地の境界を示す特別な路肩や溝もない。道はすぐに庭につながり、いかにも解放的であった。

また、日本の統治時代に建てられたと思われる古びた建物が、そのままの形でマンゴーの大木や椰子の木陰に残っている光景がいたるところで見られた。

道路の舗装も、いかにも簡素で、砂利を敷き詰めて固めただけのものだった。それもメイン道路だけで、他は路面が剥き出しになっている。交通信号機はメイン道路に最近取り付けられたばかりの一機だけだというが、特にその下を車が激しく往来しているわけでもなかった。

戦後五十年という時間は、この島ではゆったりと流れている。むしろ止まったままでいるという印象を受けた。その止まった時間を、私たちはコロール公学校官舎跡を目にして強烈に自覚した。そして、呆然と立ち竦んだ。

ルビーさんが、目的地に到着したことを告げてワゴン車を停車させると、長姉の姿があっという間に消えた。コロール公学校跡という説明を聞くのももどかしそうに一人で走り出していた。私たちが車を降りるころには、すでに二、三十メートルも離れた場所から、大声をあげながら私たちを呼んでいる。何かを見つけて興奮しているのが分かる。

私たちは、吸い寄せられるようにそこに向かって歩いた。そこには学校の門柱らしきものが見える。しかし、辺りに校舎が建っていた形跡はまるでない。ワゴン車は、緩やかな傾斜になった道路脇に止めていたが、傍らには事務所らしき建物があり、その背後には倉庫のような建物があるだけだ。人の気配はまるでない。傾斜になった道の上方の脇は何もない原っぱで、片隅には朽ちかけた建築資材が置かれているだけである。

この風景をまだ見納めぬうちに、長姉はいつの間にか下手の方に走り、今度は下手の方から大声をあげて私たちを呼ぶ。

「ここよ、ここよ」

長姉は振り返って呼びかけて再び足早に駆け出して行く。私たちは、はやる気持ちを抑えて、足の悪い母を取り囲むようにしてゆっくりと歩く。

母は歩きながら、まるで周りの風景と関係ないことをつぶやいている。

「病院へ行かなければいけないよ」

「やがてデイサービスの車が迎えに来るよ」

母は、つぶやくことをやめない。

母を取り囲んでいる足取りも、長姉の興奮につられて、やがてばらばらになり始めた。野鳥と見間違えた二羽の親子の鶏が、目の前を鳴きながら気ぜわしそうに歩いている。

長姉は、もう立ち尽くして感涙にむせんでいた。目前には、確かに住居跡と思われるはっきりとした痕跡が私たちにもすぐに認められた。傍らにある椰子の木や、大きなマンゴーの木で覆われた住居跡には枯葉が幾層にも積もっていたが、土台となったブロックやコンクリートがその建物の広さと輪郭を想像させた。土間があり階段がある。所々には草木が生えているが、四角い杭《くい》が一列に並んではっきりと住居の輪郭を示している。コンクリートには、長い歳月と湿気で苔が生えている。

「ここは防空壕、防空壕跡よ、ここに防空壕があったの」

長姉が大声で足下を指さす。確かにそこには、四角く縁取られたコンクリートが残っている。もちろん中は、土で塞がっている。

「床下のここに防空壕があったのよ。よく出入りして遊んだよ……」

後は、涙で言葉にならない。

「とにかく線香を焚こう、もってきた泡盛でウガン（お祈り）をして、合図をしよう。賢一兄さんにもお祈りをしよう」

「父さんも一緒だね」

「ここで賢一兄さんは、生まれ、そして亡くなったんだね」

「生まれたのはコロールではなく、トラック島じゃなかったかね……」

「ここに、皆住んでいたんだね」

「そう」

「ぼくはここで生まれたのかな？」

「そう、あんたはここが出生地」

「覚えている？」

「覚えているわけないよ」

そんな言葉が飛び交い、それぞれの感慨に熱く包まれて皆しゃがみ込んでしまった。

父の遺影を飾り、遺影の前に線香を焚き泡盛を注ぐ。ぽかんとしている母に、だれもが涙ぐみながらこの場所を説明する。母は、この場所を分かっているのだろうか。思いだせただろうか。気がせいてくる。

母を、苔の覆われた土間にハンカチを敷いて座らせ、母の音頭で皆でウガンをする。母のウガンの声が、小さく響き渡る。

「貞賢、ウートゥトゥ……」

父の名だ。しかし、母の言葉にパラオの地という特別な感慨はない。父の名前を呼ぶのも、いつものことだ。あるいは母だけが醒めているのかなとも思う。母だけが感情を超越して、この地で過ごした自らの人生の感慨を、たんたんと胸に刻んでいるのではないかな、という思いに囚われる。母は、決してぼけてなどいないのではないか。母が今、父に一番に近い位置にいるのではないか、と思われる。奇妙に長く奇妙に短い静かな時間が流れる。

「線香が燃え尽きるまでは、ここにいようね……」

やがて、思い出したようにつぶやく長姉の言葉が聞こえる。その言葉にすがるように、皆はさらにぼんやりと座り、ぼんやりと立ち続ける。

「このマンゴーの木に登って遊んだんだよね」

我に返ったようにつぶやいた二人の姉の言葉に、私たちは五十年の時を刻んだ大木を見上げる。木洩れ日がきらきらと頬に当たる。

「死んだら、ハベル（蝶）になるんだよ」

幼いころ、母が私に語って聞かせた言葉を思い出す。目の前の母はじーっと動かない。裏庭には一本のタベオカが、掌のような形をした葉を雑草の中から鶴の首のように突き出して揺れている。その手前にはオジギソウが低く地に這っている。

もう一度、立ち去り難く住居跡を見る。玄関の石畳は、はっきりとその形跡を現わし、五十年の歳月を感じさせない。何が朽ちて何が残ったのか。やっと落ち着いて全体を見回せる。

しかし、高揚した気分は静まらない。どことなく慌ただしい気分のままでスナップ写真を撮る。

官舎は、この地に数軒並んで建てられていたという。奇跡にも近く、その中の一軒だけが明確な痕跡を残していた。それが父たちが住んでいた官舎だ。それも私たちを待っていたかのように家屋の縁取りや明確な輪郭を残していた。

道路側の官舎は、それらしき形跡は認められてもコンクリートの杭跡がなく、また学校長が住んでいたと言われる奥側の土地は、新しく現地の住民の民家が建てられていた。その民家の住人は、父が住んでいた目前の土地を均すこともなく、手付かずにしてくれていたことも不思議であった。

母が、トイレに行きたいと言い出した。長姉が母の手を引いて木陰に入る。

次姉が再びうわ言のようにつぶやく。

「家の前には、大きな砂場があったのよ。そこは、どの辺だったのかねえ。そこで毎日のように遊んだわ……」

長姉が振り返って言う。

「砂場でなくて、相撲場よ。それは学校の校庭にあって、何かの行事の時には、よくそこで相撲大会があったのよ」

「いや、砂場よ。どこにあったかは全く覚えていないけれど、確かに砂場があったことは覚えているわ」

次姉は、緊張した顔で長姉に逆らっている。次姉は、私たちに冷やかされながらも、次々と甦ってくる記憶の波に心地よく身を委ねている。

「そう言えば、亡くなった賢一は父さんの剣を持って、よく私を追いかけたよ。剣と言っても長い物差しだけどね。いじめられて、泣かされた……」

次姉は、そう言ってまた涙ぐむ。次姉だけでなく、私たちは皆それぞれの思いを抱いて、大きな感動の波に揺られて感傷的な気分に陥っていた。

しかし、母はついに記憶を取り戻さなかった。この地にまつわる思い出を一言も語らなかった。私たちは、ただ母の肩を強く抱くだけだった……。

4

昼食時に、再びスコールがやって来た。しかし、それに気づいたのは私たちがレストランを出た後だ。注文してから約四〇分以上も待たされた食事を急いで食べ終わって外に出ると、地面は水溜まりができるほどの雨に洗われていた。

スコールは、母たちが住んでいた時代にも降っただろうし、戦後の五〇年間やむことなく降り続いてきたのだろう。もちろん、それ以上の昔からだ。だが、このスコールが永遠に降り続いていくかどうかは確信がもてない奇妙な感覚に囚われる。五〇年が止まったように緩やかに流れているこの地であるのに不思議な感覚だ。

私たちは、あるいは自然と人間を二項対立的に考え過ぎるのではないか。自然も永遠であれば人間もまた永遠だ。逆に人間の命に限りがあるとすれば、自然の命にも限りがある。人の世ははかなく、また自然もはかないのだ。この空の青さを、ゼロ式戦闘機が飛んだことが、奇妙な感覚で信じられもするし、また信じられなくもなる。

父は、長年勤めた学校を退職してから三年間の闘病生活の後、昭和五十三年一月一日、午前二時三〇分に逝去した。右座骨骨腫瘍を患った六十三歳の生涯であった。

父には、死を迎える数か月前から書き始め、「思い出の記」として自分の人生を振り返った手記がある。それは、腫瘍が右肩に転移して鉛筆が握れなくなるまで書き続けられたが、その中で、戦争が激しくなり、学校がパラオからアイミリーキ村へ移り、召集されて終戦を迎える。そのころの様子が次のように記されている。

島民の協力を得て椰子の樹や、檳榔樹の幹で骨組ができ、椰子の葉を編んでアバイ式に大きな教室ができ、机、腰掛けも運んで授業の準備が整い、疎開先での生活が始まった。(中略)私たち家族は、コロール島より移築したトタン葺き小屋に落ちついた。当分静かな島民部落で授業ができると思ったのも束の間で現地で召集を受けた。

徴兵検査の時丙種であったので、国民皆兵であっても最後になると思っていたが、突然の召集令状には驚いた。しかも第一回目であったと覚えている。身辺の整理を済ませて月夜の晩、島民のカヌーでマングローブ林の水道から出発したが、幼い子どもたちが、お父さん、お父さんと泣き叫ぶ声、元気で帰ってきてよ、との叫び声も次第に遠くなり、いつまでも耳朶深く残って感慨無量であった。(中略)

戦況は次第に悪化し、サイパン島の玉砕、ペリリュー飛行場の爆破、敵軍上陸、等で昼夜を分かたずの空襲警報発令で恐怖の連続であった。ペリリュー島に繋留していた敵艦めがけて、特別攻撃隊「人間魚雷」の戦況は、針小棒大に報道されたが、友軍機はほとんど飛ばなかった。人間魚雷攻撃の戦術は、主として泳ぎの達者な沖縄県出身者が選ばれ、小型爆弾を抱えて夜間泳いで敵艦に接近しスクリューの爆破にあたったが、暗夜の夜光虫（海中でピカピカ光る）は日本軍襲撃と察知され、途中で銃撃された戦友は多かった。（中略）

空飛ぶ飛行機は星のマークのついたグラマン機やロッキード機だけで、ついに最後まで日の丸マークの姿の飛行機は見られなかった。その間、無数に投下される爆弾、天にも届くほどの物凄い真っ黒な煙がもうもうと高く吹き上げるのが見えるだけ。大樹の幹にしがみつき、飛行機の反対側だけグルグル廻って避難したこと、爆弾の直撃を受け全滅するもの、爆風によって外傷はないが死ぬもの、さながら修羅場の如く、私は初めて戦死者を見たが大きなショックであった。

大東亜戦争勃発以来、日本国民は天皇陛下の為に尽くすことを本分とし、御国のために死すことを最大の名誉とし、死すことを恐れず一人でも敵を多く倒すことのみを教えられていた。また子どもたちまでこれを信じていたが、次第に戦況の不利に伴い手や足を失い苦しみもがきながら死んでいく戦友を見て怖くなってきた。彼らは決して「天皇陛下万歳」とは言わなかった。家族のだれかの名を呼んで、あるいは瞬時にして死んだ。

食べ物も次第に減り、栄養失調者が続出し過労のために私もついに野戦病院に入院した。米粒が浮かんでいるように見えるお粥の病人食は益々栄養失調が進行するようで、次々に隣に寝ていた戦友が死んでいった。ある時、食事毎に毛布を被り静かに寝ていた戦友が病死したが、だれも知らない。運んできた食事は隣の病人が平らげていた。

小学校に入学したばかりの娘たちが、小さな甘藷を二つ三つ、時には卵や魚を土産にして、八キロ以上も離れた避難小屋から母親に頼まれて野戦病院まで届けてくれた。途中爆音を避け、ジャングルの中をただ父親に会いたい一心から訪れる子どもたちの姿を見て、感涙にむせび、生きねばならないと思った。餓死状態の者には恥も外聞もない。隣に寝ている戦友が少しばかりとの懇願もあるが、馬耳東風で、小さな薩摩芋一個と腕時計との交換の申し出もあったが、それらを拒絶した心境は今日理解できないものであった。

ある時、せっかく母の真心こめた食料品が、途中憲兵の検査を受け、大部分を強奪され、泣きながら野戦病院まで来た子らの姿はいじらしいものであった。家族も、飲まず食わず、かろうじて生き残っていた子どもたちの見たものは何であっただろうか。(以下略)

父は終戦後、栄養失調で衰弱した身体を引きずりながら家族の疎開するアイミリーキ村へたどり着く。死線を突破して生き延びた喜びを分かち合って戦後の生活を出発する。

このパラオの地に、父の戦争があり、姉たちの戦争があった。この地で息子を失い、必死に二番目の息子を抱き締めた母の戦争があったのだ。あれから戦後五〇年、父は死に、母は認知症を患い、次姉はあと数年で父と同じように教師の職を退く年齢になる。私たちは、今やっとこの地にたどり着くことができたのだ。父の生前に来ることができればよかったのにという後悔の念も起こるが、しかし、そのころの私たちは、このような感慨に浸るにはまだ若かったのだ。

私たちの乗ったワゴン車は、アイミリーキ村へ約七キロと書かれたコロール郊外の交差点に立てられた標識の前で、突然停止した。ガイドのルビーさんが、ここからはトイレがないので休息をとり、お手洗いに行くようにと盛んに勧めたが、七キロはわずかの距離である。ジャングルの中だと聞いていた疎開地のアイミリーキ村はそんなにも近いのかと私たちは高を括った。

しかし、その思いはすぐに誤りだと気づかされた。ワゴン車は、五分も経たずに狭い道路に入り、勢いよく弾み出したのである。路上は、いたるところに亀裂が走っており、ゆっくりと速度を落としてもそれを避けることができなかった。大きく上下左右に弾み、それが間断なく続くのだ。その度に、皆の身体は大きく揺れてぶつかり合った。三〇分ほど続くと腰や尻が痛くなった。母が愚痴をこぼし始め、それをなだめるために長姉が母の側に席を移った。

ワゴン車は、時にはジャングルの陰りの中を、また時には明るい光りを浴びながら一時間余も走り続けた。やがて視界が大きく広がったと思ったら、ルビーさんがアイミリーキ村に着いたことを知らせてくれた。

アイミリーキ村と言っても、ひとかたまりの大きな集落があるわけではなかった。ポツリポツリと小さな集落があり、ここが海岸沿いの集落の入り口で、海岸線までこのように続くという。点在する質素な家に、男たちは腕組みをして座り、その周りを子どもたちと犬が、駆け廻っていた。五〇年前に建てられたと思われるトタン葺きの家が、空き家のままで残っていた。ここでも時間が止まっている。

ルビーさんは、わずかに七キロの距離ではあるが、自分もめったにここに来ることはないと言った。七キロでも一時間余だ。さらに雨が降ると路面はどろんこになり車は走れないと言う。姉の言う海岸沿いの集落まで、この狭く険しい道をさらに進まなければいけなかった。このまま目的地の海岸まで着けるかどうか不安になった。ワゴン車は十数分走った後、案の定、海の気配を感じながらも急停車した。V字形の急勾配になった道路中央部に深い水たまりができていて、車はこれ以上進めなかった。

ルビーさんが、残念そうに思案顔をして振り返った。私たちは無理をすることはない、引き返してもよいことを告げ、もう一つの村があるという別の海岸の側に向かって車を進めてもらった。その方角にある村こそが、姉たちが住んでいた場所かもしれなかった。

長姉は、いつも鮮やかな記憶を披瀝して私たちを驚かせたが、その村に到着した時の記憶は、やや曖昧であった。到着した直後に、長姉はやはり私たちが行くことを断念した道の向こう側こそが、姉たちが住んでいた場所であることを確信していた。

しかし、私たちは、マングローブの林と海の匂いを嗅ぎ、アバイの前で泳ぎ廻る現地の子どもたちの姿に、かつての父や母や姉たちの姿と生活を想像することができた。マングローブの水道を抜けて、父が幼い姉たちの声を必死に振り切って戦地に向かった姿も想像することができた。

父は、庭に花園を作り、百日草の種を蒔《ま》き、芽が出て花が咲くころには帰ってくると、姉たちに告げて出発したという。長姉はその時の父の顔を忘れられないという。

長姉は、父や母とのパラオ行きや、パラオでの日々について次のように語ったことがある。

※

私たちがパラオに渡ったのは一九四一年、昭和十六年のことだった。九州戸畑へ寄ってからパラオへ渡ったんだよ。戸畑には母さんの二人の姉が嫁いでいて家庭を持って暮らしていたからね。また母さんの二人の弟たちも海軍で佐世保や長崎に停泊する軍艦に乗っていた。その姉弟の元へ立ち寄ったんだよ。母さんのお父さん、私にとっては祖父に当たるじいじの膝の上に乗っての戸畑までの旅だった。

祖父は早くに祖母を亡くして、一人でヤンバルで暮らしていたのだがね、娘のパラオ行きを聞いて、本土まで行って見送りたいと思ったのかもしれないね。もしくは、戸畑にいる子どもたちが、老いた祖父の同伴を母さんにお願いして戸畑に招いたのかもしれないね。どちらだったかは、よく知らないけれど、熊本で働いている母の妹や、海軍勤務の二人の弟も、戸畑に集まって盛大な歓迎会をしてくれたよ。同時に、伯母さんや叔父さんにとっては、母を激励しパラオへ送り出す送別会の意図もあったんだと思うよ。その時に写真館で写した記念写真もあるよ。見たことがあるでしょう?

門司からパラオ行きの船は出たけれど、父のすぐ上の兄の吉次郎伯父さんも海軍に勤めていたけれど、門司に面会に来てくれてね、船旅のあれやこれやの注意を、父さんや母さんにやっていたように思う。父さんには、その時が吉次郎伯父さんとの最後の別れになったんだね。伯父さんは戦争中に亡くなったからね。

確か、船は門司からサイパンへ、サイパンからパラオのコロールの港に着いたと思う。それから数か月後にトラック島に渡ったように思う。父さんはトラック島にある南洋庁の農業技師としての派遣だったはず。だから、そこで働いたのよ。私はトラック島の幼稚園に通ったことを覚えているよ。そこで弟の賢一も生まれたんだ。

数年後に父さんはパラオのコロールにある公学校の教師として招かれて再びコロール島に戻るんだ。コロールに住んでいた実兄の吉郎伯父さんの働きかけもあったようだけど、私たちはサイパンを経由してコロールに渡ることになったんだ。

そのころには戦争の足音も大きくなっていてねえ。父さんは、分散してコロールに渡った方がいいと思ったんでしょうね。母さんと私と賢一はサイパンに残して、妹だけを連れて二人でコロールに渡ったんだよ。妹はコロールの吉郎伯父さんの家に世話になったんだよ。吉郎伯父さんの家には同じ年ごろの娘が二人もいたからねえ。妹は結構楽しかったんじゃないかねえ。

サイパンに残された私たちは、母さんの親戚などを頼って生活していた。当時南洋諸島には大兼久の人たちも大勢渡っていたからねえ、サイパンとかパラオとか、ペリュリュー島とかにね。朝鮮半島や中国、満州にも渡っていった人たちもいたみたいだよ。でも戦争でね、戦争に巻き込まれて亡くなった人も大勢いたんだよ。

父さんも、潜水艦で魚雷を受けて船が沈没しないかという不安で家族を二つに分けて、サイパンからパラオに渡ったんだと思うよ。

母さんはサイパンで飴玉《あめだま》作りを覚えてね。その飴玉を妹へのお土産にしてパラオに渡ったんだよ。飴玉は、サトウキビから採る砂糖で作ったんだと思うけれど、母さんの作った飴玉はとても美味しかったよ。

ところがね、妹は母さんの顔を忘れていてね。

「おばさん、どこから来たの？」

「この飴玉、美味しいねえ、ミットウにいっぱい作ってねぇ」って言うんだよ。

ミットゥってのは自分のことを言うんだけどもね、みんな戸惑っていたけれど、おかしかったねえ。

パラオでの官舎暮らしは、贅沢だったねえ。当時外地での公務員は高給取りだったと思うよ、二人のボーイも、いつもいてね、掃除とか薪割りとかを手伝っていた。父さんは官舎の裏庭に野菜畑を作り野菜も植えていた。アヒルも飼っていてね。卵を生ませて、何かの祝いの時は、潰して食べていたことを覚えているよ。

また、公学校からは女の子たちも時々手伝いに来ていたけれど、母さんは洋裁を教えたり、料理を教えたりしていたよ。女の子たちも母さんと同じ頬かむりをしてね。母さんになついていたけれど、可愛かったね。

トラック島で生まれた弟の賢一も可愛くてね。腕白盛りだった。妹のミットウは、なんども泣かされたはずよ。賢一は軍歌も覚えていてね。父さんが帰ってくるときは玄関まで走って行ってね。父さんに敬礼して「お帰りなさい」とか言っていたよ。父さんが学校での祝賀行事や儀式の時に腰に差す軍刀などの真似をしてね、長い物差しを腰に差して遊んでいたね。ミットゥは、これで何度も叩かれたはず。

でも、賢一は死んでしまった。賢一は昭和十六年に生まれて昭和十八年四月十九日に亡くなったんだよ。三歳になっていたかねえ。何が原因かはよく分からないけれど、お腹をこわして高熱を出して、お医者さんが往診にも来てくれたけれど助からなかった。

私は近くにあったかき氷屋さんに妹と三人で行って、かき氷を食べたんだけれど、それが原因ではなかったかねえと思っているよ。でも、よくは分からないさ。

賢一の大きなお葬式もやったよ。家にはお坊さんも来てね、読経をしてもらい、お骨もお寺に預けた。そのお寺に父さんも母さんも何度もお参りに行き、私はお寺の日曜学校へ通うようにもなっていたよ。でも賢一は、やはり運の悪い可哀相な子だった。

実はね、戦争が近づいてきて、コロールの公学校が閉鎖になり、海岸沿いのアイミリーキという村に移転することになってね。私たちも一緒に避難したんだよ。

コロールには空襲も始まっていたからね、父さんは大兼久から渡ってきた郷里の人々をも誘って、一緒にアイミリーキに避難したんだ。お寺に預けていた賢一の骨も受け取ってね。

でも、アイミリーキにも空襲があってね、引っ越し先の私たちの家の裏庭にも爆弾が落ちたんだ。私たちは防空壕に避難していたけれど、賢一の骨を置いていた祠《ほこら》は粉々になって吹っ飛んでいた。賢一の骨も散らばっていて、泣きながら賢一の骨を集めたんだよ。戦争が終わって、郷里まで骨は壜に詰めて持ってきたけれど運のない子だったねえ。

アイミリーキに移ってからすぐに、父さんが徴兵されたんだよ。戦争に征くとはどういうことか、私にも分かる年齢になっていたからね。悲しくてしようがなかった。泣いている私と妹を呼んで、父さんは庭に花園を作って百日草の種を蒔きながら言ったんだよ。

「百日草の花が咲くころには帰ってくるからね、しっかり水をやって育てておくんだよ」って。父さんがどんな思いで私たちに言ったかを想像すると、涙が止まらなかった。

父さんは、現地の人の漕ぐカヌーに乗ってアイミリーキの浜からマングロープの生い茂った水道を抜けてコロールに行ったんだけど、私と妹は、「お父さーん」て叫びながら、カヌーを追いかけたよ。公学校の教え子や村の人たちも懸命に手を振っていた……。

父さんはね、戦争体験は、多くは語らなかったけれど、かつて公学校で同僚だった上司に声をかけたら、「気安く声をかけるな！　敬礼しろ！」と、頬を叩かれたことがあると言っていたよ。

父さんは、戦争から生きて帰れたけれど、病気に罹ったことが幸いしたんだね。元々肺が悪かったようだけど、さらに脚気になってね、ジャングルの中の朝日村と呼ばれる所にある野戦病院に入院したんだね。幸いにも野戦病院には同じ大兼久出身の看護師さんが勤めていてね。このことも幸いしたんだね。何かと父さんの面倒を見てくれたんだって。

私と妹は、リュックに食料を詰めて何度かジャングルの道を、空襲に追い立てられるようにして面会に行ったことがあるよ。母さんはコロールの官舎の防空壕で生まれた弟につきっきりだった。賢一を亡くしていたから、必死だったんだろうねえ。食料調達も、食料探しも私と妹がやったんだ。でもアイミリーキは、公学校の教師である父さんを慕っている教え子や住民たちもたくさんいてね、バナナや魚や芋を、いっぱい届けてくれたんだ。その食料をリュックに詰めて父さんを見舞いに行ったんだよ。怖かったけれど、勇気を振り絞って、ジャングルの中を妹と手をつないで歩いたんだ。

到着した時に憲兵に止められて、リュックの食料をほとんど没収されたときは、父さんにすがって泣いたよ。父さんは、竹を編んだベッドに横になっていたが、猿のように痩せていて、最初は父さんだと分からなかった。でも、ジャングルの中を歩いてきた私と妹を抱き寄せて頭を撫でてくれたことを覚えているよ。

戦争が終わって、父さんもアイミリーキに帰ってきたけれど、頬もこけていて、米軍から支給されていたコンビーフなどの食料を、むさぼるように食べていたのを覚えている。しばらくして、沖縄へ帰還する最後の引き揚げ船に乗ったけれど、たしか米軍の引き揚げ船だったはず。

直接、パラオから沖縄の久場崎に上陸したと思う。そこで帰還先ごとに割り当てられて、米軍のトラックに乗せられてヤンバルに帰ってきたんだ。

帰還途中のパラオからの船旅では、演芸大会のようなものがあってね、私と妹は舞台に上がって、「エプロイ、エプロイ」と現地の人から習った歌を歌い、腰を振りながら踊りを披露したんだ。そしたら馬鹿ウケでね。故郷に帰る人々から拍手大喝采さ。パラオのことをみんな思い出して懐かしかったんだろうねえ。米兵からもチョコレートやお菓子などをいっぱい貰ったよ。しまいには毎晩のようにせがまれて舞台で踊ったさ。腰蓑も巻いてね。郷里に帰ってきてからも、妹と二人は何度かせがまれて踊ったよ。

でも、郷里に帰ってきてからも苦労は続いたね。父さんは男兄弟の末っ子で四男だから分け与えられた土地もない。外地からの引き揚げで、住む家もないの。だからね、村人から荒れ地を貸して貰い、開墾して田畑にしたり、朝早く起きて母さんと二人で臼を挽いて豆腐を作って売り歩いたりしていたんだ。こんなにまでして働くの、って村人からは同情の目で見られながらね。戦後も辛い日々が続いたんだが……、父さんも母さんも負けなかったんだねえ。

母さんは料理も得意だった。丸いドーナツ型の鍋でパンケーキも上手に作ったよ。食べたことがあったでしょう。卵の白味に砂糖をかき混ぜて作ったクリームを乗せてね。

結婚して私に最初の子が生まれたときは、バスに揺られて何度も卵を届けてくれたよ。そのために鶏も飼っていたんじゃないかね。幼いころにも、結婚してからも母さんや父さんとの思い出は尽きないよ。優しい母さんや父さんだった……。

※

長姉の話しは尽きなかった。私や二人の弟が大兼久で生まれたこと、帰郷して作った仮住まいの家が台風で被害に遭い、土手が壊れて浸水したこと、その時、飼っていた豚が豚小屋の柵を飛び越えて逃げ出したこと、などなど泣き笑いの顔で話してくれた。長姉こそが、最も長く父や母と一緒に生活し苦労を共にしてきたんだと思うと、改めて長姉の苦労やパラオでの生活を思いやった。

目前のパラオの村は、長姉にはどのように映っているのだろうか。思い出の百日草は咲いたのだろうか。砂浜からは、およそ三メートル幅の突堤が直線上に沖に向かって五十メートルほども延びていた。これも旧日本軍が構築した防波堤の残骸であろうか。石垣が所々で崩れて、その上のコンクリートがめくれた場所に芒《すすき》などの雑草が固まって生え、伸び放題に繁茂していた。

湾状になった海面は、鏡の面のように静かで、鬱蒼と茂ったマングローブが、その波のうねりを吸い込んだように美しい緑の曲線を描いて、遥かな沖の岬まで途切れることなく続いていた。

5

昭和十二年ごろ、南洋パラオの在留日本人の中でも沖縄県人は四十パーセント余を占め、近隣のトラックやサイパンでは六〇パーセントを越えたという。父の郷里の大宜味村からも多くの人々が移住していたが、海外移民は徴兵を忌避する意味もあったと言われている。しかし、郷里の人々の多くは貧しさからの出稼ぎであったと思われる。

父は、すでにパラオに渡って漁業をしていた実兄の招きを受け入れる一方で、南洋庁拓殖部農林課勤務月俸五円の辞令を有して沖縄本島での五年の教職生活を離れる決意をする。門司の港を経て、昭和十六年五月十日パラオ島に到着する。ひと月後の六月十日には、すぐにトラック市庁殖産課への転勤を命じられ、市庁のある夏島に赴任する。その年の十二月八日、日本軍が真珠湾を攻撃した運命の日を迎えるが、この報を出張先の水曜島で聞く。翌昭和十七年、八月十日、実兄のはからいもあってコロール島にある南洋庁コロール公学校訓導の辞令を受け、再び実兄の住むパラオ島に戻る。

パラオ島に戻る昭和十七年の半ばごろは、戦況が次第に様相を変えつつあった。破竹の勢いで進撃を開始した日本軍の勢いは衰え、ミッドウエイ海戦で敗北し、ガダルカナルには米軍が上陸する。南洋諸島周辺でも、米軍の潜水艦による輸送船の撃沈が始まる。空襲警報が発令され、人々は防空訓練や防空壕掘りに動員され、劣勢の色が徐々に濃くなっていた。

父は、パラオ島に戻るに際して、万一の米軍の潜水艦攻撃に備えて幼い二人の姉たちをトラックの波止場で海中に投げ出し水泳訓練をさせたという。死物狂いになってもがく娘たちの姿を見ながら、少しでも自力で浮くことができたらという思いからであったと、父が酔いの中で語ったのを聞いたことがある。戦後、二人の姉はその訓練の成果もあってか水泳の選手として活躍する。

家族は、トラックからサイパンに無事移動。その後、分散して次姉と父が十二月十日パラオ島に渡り、サイパンに残留した母と長姉は、トラック島で生まれた賢一兄を抱きかかえて翌年の昭和十八年二月にコロール島に到着する。父の計画した用意周到の船旅であった。

以後、昭和十九年六月十五日、米軍はサイパン島に上陸開始、七月七日、サイパン守備隊玉砕、八月二日、テニアン守備隊玉砕、十一日、グァム島守備隊玉砕、九月十五日、ペリリュー島へ上陸開始、十七日、アンガウル島へ上陸開始……。

南洋諸島の日本人移住者は、そんな状況の中で次々と現地召集される。わずかな偶然の積み重なったそれぞれの島での滞在と出発の日の違いで、生死が左右される運命とも呼ぶべき日々が続くのである。

父は、多くの強運に味方されたのだろう。もし父の兵士としての任地が、パラオ島でなく、最初に配属されたアンガール島や、あるいは転属されたペリリュー島で留っていたら……。もし父が、一瞬のためらいで挙手することを拒絶しなければ、父もまた漁雷を抱えて敵艦に体当たりして屍を海に沈め、パラオの戦死者四、八三八人の中に入っていたはずだ。もし、母がサイパンを離れる時期が遅れれば、サイパンで戦死し、もちろん私もこの世に誕生しなかった。「もし」は、いくらでも想定されるのだ。

私たちが生きている現在にも、「もし」として多くの仮定をすることができる。危険な可能性が、あらゆる時間とあらゆる場所と、あらゆる他者との関係の中に秘められている。私は二十歳のころ、「もし」に怯えてジャイナ教の教典を読み耽ったことがある。しかし、私の「もし」は、私の弱さからであった。父や母たちの時代は、人の弱さを選ばない強いられた「もし」であった。

戦争の時代に強運を得た父も、戦後の病には勝てなかった。私たちは、父がまだいくらか若かっただけに無念の思いを禁じ得なかった。父の死後、母には、辛い日々が怒涛のように押し寄せてくる。心中で膨らんでいく父の名誉を傷つけないようにと必死の気概で生きていく。しかし、私たち息子は、父が賢一兄を喪った母を異国の地パラオで庇《かば》ったように、母を庇うことはできなかった。大きな後悔が沸き起こってくる……。

父の法事は、たんたんと行われた。だれもがそうするように、病院から遺体を引き取り、通夜をし、火葬をし、骨を拾い、告別式をした。私たちは、そのいずれをも悲しみを堪《こら》えて行った。

父の骨を納める墓は、一族皆を納骨する門中墓であった。家屋を模した造りの破風墓で、正面に四角く、くり抜いた狭い石門があり、その前に香炉を置いていた。納骨の際はそれをよけて重い石門を開いた。墓内は、明かり一つ射し込むことのない暗闇で、七〇センチほどの高さで仕切られた三つの納骨場所があり、その中にそれぞれの親族同士が火葬した骨を骨壺からこぼして納めていた。中には、火葬以前の風習で洗骨されたままの骨も残っていた。

私と兄は、暗闇の墓内に入り、懐中電燈の明かりを頼りに骨壺から貝殻のようになった父の骨を、これまでの死者たちの骨の上にこぼした。さらさら、さらさら、と小さな音を立ててこぼれていく父の骨は、この世のものとは思えぬほどの優しい音を立ててこぼれていった。

墓内に骨をこぼすことをためらう私たちを諭した伯父も、父の死後、すぐに亡くなった。その時も、私が墓内に入った。伯父は二人の息子を若くして喪くしていた。四人の娘がいたが、女たちが墓内に入ることは村ではタブー（禁忌）であったからだ。

私は伯父の遺骨を、父と同じように死者たちの骨の上にこぼした。父の上に被さっていく伯父の骨は、やはり優しい音を立てた。伯父が、父の通夜の日に、父を抱きかかえて悲しみを堪《こら》えていた情景が浮かんできた。さらさら、さらさらと、伯父の骨は音立てて父の骨に被さり、優しく語りかけているようであった……。

アイミリーキ村を出発するころ、再びスコールがやって来た。先ほどよりは小さな雨で、ほとんど気にはならない。父たちが住んでいた場所までは行くことができなかったが、私たちは満足していた。長姉だけはやや心残りがあるようだったが、どうしようもなかった。

「海上からなら十分足らずで、コロールからこのアイミリーキ村へ廻り着くことができますよ」

ルビーさんの言葉を、私たちはうなずきながら聞いた。そして、口々に言った。

「明朝、船を借りることができたら、もう一度来てみようか」

しかし、そう言っている私たちにも、また聞いている姉にも、明日出発の飛行機は早いので、再びここへやって来ることは不可能だろうということは分かっていた。

たぶん、姉たちが住んでいたという場所に行くことはできないだろう。だが、長姉は意外にもあっさりと了承してくれた。

いよいよ、アイミリーキ村を離れるという時、私は、傍らの母に尋ねた。

「おしっこ、したくない？」

母がうなずいたので、手を引いてトイレを探した。ところが、間に合わずに立ったままでおしっこを洩らした。慌てて長姉を呼んで着替えさせる。

母は、アイミリーキ村に着いても、まるで表情を変えなかった。

「デイケアに行かねばならないよ。病院のバスが、やがて私を迎えに来るよ」

母は、私たちに手を引かれながらも、盛んにこのことを気にしている。

「ここは、パラオのアイミリーキ村という所だよ」

皆で代わる代わるに話し聞かせても、「うん、うん」とうなずくが、しばらくすると目をきょろきょろさせて病院のバスを待つ。

父の属する軍隊が配備されていた朝日村と呼ばれる村は、アイミリーキ村からさらに奥地に向かってジャングルの中を八キロほど進んだ先にある。その後方には仮設された野戦病院があり、父が病んで身体を臥せた場所になる。幼い二人の姉たちは、そこに向かって手を引いてジャングルの中を歩き続け、空襲に怯え、森の不気味さに怯えながらも必死の思いで芋や魚などの差し入れをしたのだ。

たぶんその村は、二人の姉にとっては懐かしい村になるのであろう。生きていれば、父にとっても懐かしい場所になっていたはずだ。母にとってはどうなんだろうか。行ってみたいという気もしたが、その後の日程の関係もあって気持ちをうやむやにしたままでふんぎりをつけた。

帰りのワゴン車では、長姉が、大人たちにまじって食料調達に走り廻った戦時中のことを、懐かしそうに話し出した。次姉が、全く役に立たずに泣いてばかりいたこと、母は、生まれたばかりの兄をただひたすら抱きしめて呆然としていたこと、生きるために芋泥棒までしたことなど、幼いころの武勇伝に、私たちはそれぞれの幼いころを思い出した。

父は、戦争から帰ってきて数か月ぶりに会った自分の息子を見て、「まるでモンキーのようであった」と記していたが、父もまたまぎれもなく痩せたモンキーのようであったはずだ。

6

アイミリーキ村を出てコロールに着くと、ルビーさんがパラオで一番大きなお土産品店に連れていってくれた。家族のお土産を買うために、頼んでいたからだ。もちろんそれほど大きな店ではない。一階は食料品、二階は衣料品を中心としたスーパーで、二階の一隅に装飾品やおもちゃなどの土産物が置いていていた。私たちは、その小さなスペースをぐるぐると廻った。廻りながら、私は二人の娘と妻、そして餞別をもらった義姉と義母のことを思い浮かべていた。ところが、いつまでたっても、皆の土産物をどれにするか決断がつかなかった。頭に浮かぶ家族の像もぐるぐると廻って、目の前の具体的な土産物と結びつかないのだ。

そんな私の目の前を、母がよろけるように通った。足を引きずりながら店内を物色している。何かを求めている。が、明らかに土産物には目もくれない。その母の姿を目で追った。倒れそうに歩き回っている母を見かねて、店内の売り子が即席の腰掛けを準備して勧めてくれた。私は、傍らへ行き礼を言って母を座らせた。

私は、土産物をいまだ一つも選ぶことができなかったが、そんな困った状況に陥りながらも、不思議なことに苛立つこともなく、余裕をもって辺りを見回していた。私の視線の先には姉たちがいる。弟たちがいる。かつての家族がいる。今は必死になって、母の存在さえ忘れて、それぞれの家族への土産物を探している。その姿が微笑ましく映っていた。同時にあぶなっかしい母の行動を、私に任せていようという皆の暗黙の了解があるようだった。私は素直に、今は皆に代わって私が母を気遣ってあげようという気持ちになっていた。

「お菓子を買いたい。お菓子を買いたい」

母は傍らで盛んに私に言った。

「ここはお土産屋さんだよ。お菓子を売っていないよ。だれも今は欲しくないよ」

そう答えると、すぐに不機嫌になって立ち上がった。すたすたとレジ係の方へ歩み寄って声をかけた。

「お菓子は、どこにありますか?」

母は、何度も繰り返して聞いている。もちろん母の言葉を相手が理解するはずがない。レジ係の閉口している顔を見て、私は母の所へ行き母の手を握る。そして、レジ係の女の子たちにカタコトの英語で母と同じ質問をする。

「さあ、母さん。お菓子を買いに行こう。お菓子は、一階で売っているらしいよ」

そう言うと、母はにこにこと笑って、握った私の手をさらに強く握り、遠足に行く子どものように大きく振り回す。母の匂いが私の鼻をくすぐる。

お菓子売場に着くと、母は人が変わったように嬉しそうに愛嬌を振りまく。しゃがんで棚を整理している二人の若い店員に声をかける。

「先生、お元気？　また来ましたよ」

またなんかじゃない、先生なんかじゃないよ、と思うのだが黙っている。そして、戸惑っている店員に、私も背後から微笑みかける。

この親子を異国の若い店員は、どのように見ているのだろうか。一瞬恥ずかしい思いに囚われたが、もう私もこの種の恥ずかしさにはだいぶ慣れた。以前は、人前で母の手を引くのさえなんとなく気恥ずかしかった。母から、手を引いて欲しいと言われた時は、どきっとしたものだ。同時に、そう言わざるを得ない母の老いを感じて寂しかった。私も母のように老い、やがて娘たちに手を引かれるのだろう。

母が楽しげにお菓子を選んでいるのを見ると、母にとって私たちはいつまでも子どものままでいるのかもしれないと思う。私は、今どんな子どもでいるのだろうか。

私の子どものころの夢は、医者になることだった。野口英世の伝記を読んで感動し、その感動が将来の私の夢をも形づくった。あるいは、父や母は、私に自分の夢を託したのかもしれない。しかし、私は父母の夢に応えてやれなかった。私は、結局父と同じ教師の道を選んだのだ。もちろん、私の前に選択肢が無数にあったわけではない。学生のころは、少しばかりの能力をさらに卑小に思い、働くことは体制に荷担することであると考えた。公務員になることを必死に拒んだ時期もあった。

私もまた、だれもと同じように自分の人生を真摯に考えたに過ぎない。私を取り巻いている現代という時代を考え、闇を見極めようとした。文学への魅力に取り憑かれながら、私は私の人生の解答を保留にしたまま教職に就いたのだ。

しかし、生徒たちに向かい合うには、私の人生を不問にしてはいけないことをすぐに理解した。私は、等身大の自己を詩というジャンルで表現することから自分を考える作業を始めた。教職についてから今日までおよそ二〇年間、私にもさまざまな体験がありさまざまな出会いがあった。

私の青春時代は憂鬱だった。何に対しても怒っていた。もちろんその多くは、己自身へ向けられていたが、私を取り巻く家族や人々は疎ましく、ましてや社会の仕組みや政治、規範や道徳や秩序にはなおさら不満が大きかった。

私は、一時期自らを裁断する欲望に囚われ続けた。その欲望は、私に大きな緊張感を与えたが、同時に充足感をもたらした。私は私自身への関心の大きさの余り、他人の存在には無頓着だった。私は私の庭で揺らいだ。私の死が、他人にとって悲しみの対象になる。こんな単純な構図さえ忘れ去られていたのだ。

他者へ向かう私の憎しみのベクトルは、当然私自身へ向かう憎しみにも転じていた。それは私の青春期にいつの間にか身についた視点だった。他者が私をどう思うかという視点は、あるいは不遜な視点だと無意識のうちに退けられていたのかもしれない。

私の前で、私の死を予感して嘆く者の存在に気づいた。短絡的な思考であったかもしれないが生きたいと思った。生きることに価値があると思った。それをはっきりと自覚したのが、父の死であり、シルクロードの旅であり、娘たちの誕生だった。私は、叶わぬことだとは思ったが、妻や娘、そして母より先には死ぬまいと思うようになった。私は、父の死を看取る家族や人々の温かさを知ったのだ。差し伸べられる〈希望〉の光明を待っていたのかもしれない。

私は、初めて他人の人生を考えるようになった。とりわけ、父の人生を通して、父が多くの人々を愛したように、私も人々を愛することができるように思えてきた。

人間はだれでもが死ぬ、死ぬと分かっていながら精いっぱい生きようと努力する。人間の弱さや命が愛《いと》おしくなった。小さな山村や漁村での父の生活、あるいはパラオでの生活は、父や母にとってかけがえのない日々であったのだ。

私にとって、こんな小さな発見が生き続ける大きな力になった。私は、その発見を詩でなく虚構の小説で書きあげてみたいと考えるようになった。人間の温かさや優しさに触れ合える作品を書きたいと思った。私にその才能があるかどうかは分からない。また、すべてを私自身の心に秘めて私自身の死を迎えようとも思う。しかし、私はいまだ人々の悲しさや寂しさに冷淡になれない。弱い人間の発見に私が救われたように、人々もまた私と同じように救われるのではないかと思うのだ。弱い人間を励ます力が、文学にはあるように思われるのだ……。

母は陳列されたたくさんのお菓子の前でうろうろしている。私が傍らから、適当に気にいったお菓子を指し示すとすぐにそれを取り上げた。三つ四つ鷲掴みにしてレジの前に進み出て差し出す。

「先生、元気？　また来るからね」

母はレジ係の若い女の子に、にこにこと愛嬌を振りまいて話しかける。ここがどこなのか、やはり母は分かっていない。

私は苦笑しながら、再び母の手を引いて二階のフロアに上がる。母は、すこぶる御機嫌だ。

お土産品を物色している弟たちにまずお菓子を配って廻り、嬉しそうに一息つく。最初からそのつもりでお菓子を探していたのだろうか。私は母の行為に混乱する。答えは見いだせない。

私は、レジ係の若い娘に、今度は私の方から腰掛けを無心して、売場の片隅に置き、母を座らせる。売場に客の出入りはほとんどない。私たち以外に、一度数人の観光客が入ってきたが、それ以外に地元の人々の出入りは全くない。のんびりとした売場だ。ルビーさんものんびりと店員たちと親しげに話している。母は、お菓子を大きな袋から取り出したり入れたりと、同じことを何度も繰り返している。

私は立ち上がって、再び土産物を選ぶ。すぐに決心がつく。娘から頼まれていたキーホルダーを二つ買う。パラオの文字がプリントされたTシャツを選び、手に取ってレジへ行き、再び母の所に戻る。お土産のお菓子は下の階で買うことにする。

母の傍らにしゃがんでいると、土産物を入れた私の袋から中身を取り出して自分の袋へ入れ始めた。「どうしたの?」と、私が尋ねると、「自分の物だ」と言う。自他の物の区別がつかなくなったのだ。

私は苦笑しながら母のなすがままにしておく。中身の品物が、二つの袋を何度も往復する。

母のしぐさを見ながら、母と私は何が違うのだろうかと疑問に囚われる。何も違わないはずだという不思議な感慨が心を占める。理屈ではない。身体を流れる血のような感慨だ。

母は、ぼーっとしている私に煎餅《せんべい》を渡した。

「有り難う」

私は思わずと礼を言う。

「しっかりしなさいよ」

母は、私にそんな言葉をかけて、バリッと煎餅を食べた。

私も苦笑しながら、母のしぐさにつられるように煎餅を食べた。

母は私なんだ、私は母なんだ、しっかりしなけりゃと、再度苦笑した。そして母に向かって声をかけた。

「母さんも、しっかりしてよ」

母は聞こえない振りをしている。それから私を見て、にっと笑みを浮かべると、再びバリッと音立てて煎餅を噛んだ。私は、この母の子であることが無性に嬉しくて、笑みを浮かべて、私もまたバリッと音立てて煎餅を噛んだ。

7

パラオは、一九九四年十月一日に独立したばかりの小さな国だ。正式な国名は、ベラウ共和国またはパラオ共和国。北緯三～九度、東経一三四～一三五度に位置し、面積が約四九〇平方キロ、二〇〇～三五〇の大小の島々からなり、人口は二万人ほどで、世界で四番目に人口の少ない国だという。

私たちは、グアムを経由してコンチネンタルミクロネシア航空で入国したが、フィリピンや台湾などを経て入国することもできるようだ。パラオの気温は一年間平均して三〇度前後、通貨はUSドルが使われている。言葉は、パラオ語と英語が話され、年配の人々の多くは日本語も話せるという。「でんわ」「ぞうり」「せんきょ」「ごめん」など、外来語としての日本語が今でも多く残っているという。

アイミリーキ村から帰った私たちは、ホテルで一息つくと、夕食を取るために中村さんのレストランを訪ねることにした。中村さんは、戦後も沖縄に引き揚げずにそのままパラオに残った久米島出身の方で、内地出身の奥さんと二人でしっかりとこの地に根を下ろして生活をしているという。

私たちは、沖縄県パラオ協会の金城善昌さんからの紹介状を持参していた。金城さんは私たちの郷里の先輩でもあり、また父と同じように若いころパラオの地に渡り、夢を抱いて苦労を共にした仲でもあった。戦後は墓参団を引き連れて何度もパラオを訪ねており、この地には友人も多かった。

あいにくと、ご主人は留守であったが、奥さんが丁寧に私たちに対応してくれた。穏やかな言葉遣いや振る舞いは、品位を感じさせるものだった。私たちのテーブルに腰掛けを寄せ、遠路はるばるやって来た私たちの労をねぎらいながら、パラオのことを話してくれた。私たちもまた父の手記（＝遺稿集）を差し上げ、父のことを話した。

奥さんは、父が公学校に勤めていたことを知り、父と共に公学校に勤めていたヨヘイさんという現地の人のことを思い出してくれた。ヨヘイさんは亡くなったが、息子さんが元気でおられる。紹介することが可能だとおっしゃってくれた。私たちは、短い滞在なので、あえて会うことは望まなかった。私が代表して丁重に辞退する言葉を述べた。

また、父と同じ名字の「大城」という教師があと一人いたということをも話してくれた。父の手記にも、その名前は記されていたが、奥さんは父のことは記憶にないようであった。

テーブルの上に、大きなヤシガニが盛られた三つの皿が運ばれてきた。その食べ方を教わりながら、私たちは手を使って食べた。カニといっても下半身を丸めた大きな図体はエビのようで、甘酸っぱい味がした。

長姉が、ヤシガニやマングロープガニを父と一緒に捕りにいったことを思い出して話し出した。ヤシガニやマングロープガニはこの地の特産物であった。奥さんは、うなずきながら姉の話しを聞いていたが、母は、眉一つ動かさなかった。

食事が済んだ後、お土産にと大きな貝をプレゼントされた。お礼を述べ、記念写真などを撮ってから、私たちは二階にあるレストランの外周りの階段を降りた。九時を過ぎたばかりであったが、辺りはすっかり闇に包まれていた。ルビーさんが迎えに来る間、時折小雨がぱらついたが、私たちはそれを避けるように建物の壁に寄り添った。

レストランの前は、パラオ唯一のメーンストリートであるはずだが、自動車は時々思い出したように通るだけだ。建物も少なく、さらに灯りのついている建物は数えるほどだ。どこかで見た夜の景色だ。奇妙な感覚に囚われ始めた時、やがてこの景色は、幼いころに見た夜の景色だということが分かった。闇の空気のようなものが私たちを取り巻いているのだ。久しぶりに味わう夜の雰囲気だ。音は、闇の音以外は聞こえなかった。

母を階段に座らせてしばらく経ったころ、ルビーさんの運転するワゴン車が目前で止まった。闇の中にうずくまる母の手を引いて立ち上がらせようとすると、逆に母の側に引き寄せられて転びそうになった。片手ではとても立ち上がらせることができない。両手で抱きかかえるようにしてやっとの思いで立ち上がらせる。

母は少し不機嫌になっていた。必ずしも、疲れだけが理由ではないだろう。突然、不機嫌になることは、これまでに何度もあった。母の精神のボルテージは、いつも無遠慮に大きく揺れ動く。私たちは、時にはその波に飲まれて距離をとることができずに同じように不機嫌になることもあった。その多くは、母の不機嫌さが他人に向けられた時で、相手へのすまないという思いからであった。母の怒りや不機嫌さが私たち自身へ向けられている時は、余裕をもって対応することができた。

母はワゴン車を待っている間に、私たちへ飲み物を買い与えたかったのにだれもつきあってくれないと、愚痴をこぼしているのだ。またしても飲み物とお菓子だ。母はここをパラオだと理解できなくても、私たちを自分の子どもだと理解しているのだろうか。そして今なお、皆がお菓子を欲しがる子どものままに映っているのだろうか。

私は、母の手を引きながら母をなだめ、兄と二人でワゴン車に押し上げた。

小雨はまったく降り止んでいたが、空は意外に暗かった。星も、ほとんど見えなかった。皆が乗り込むと、ワゴン車はゆっくりと動き出した。

旅に出ると、旅そのものだけでなく日常もが思い出になるというのは本当かもしれない。あるいは、記憶を呼び起こすエネルギーが微妙にバランスを崩しているのかもしれない。膨らんだ風船が風を受けて飛ばされるように、思いがけないところから日常や過去の記憶が鮮明に甦ったり、遠くに退いたりする。

私は、十数年前に大きな衝撃を受けたシルクロードの旅のことを思い出していた。あるいは、母の不幸と幸せについて考えたのが先であったかもしれない。いずれにしろ、あの衝撃から私はどこまで歩いてきたのだろうか。ぐるっと一回転して、またもとの場所に戻ってきたようにも思われる。些細な日常が貴重な日常になり、生も死も一つ所にある日常の発見だ。百年が一年になり、一年が百年になる歳月の流れだ。

確かに変わったと思った私も、また私の周囲も何も変わっていないのではなかろうか。変わったのは、肉体の着実な老いだけだ。母だけでなく、私もまた老いた。手で引っ掻いた爪痕の傷が幾日たっても治らなくなった。白髪が確実に増えている。小さな文字をにらんだ後は、目がいつまでたっても焦点を結ばない。不惑の年齢を越せば、峠を下るように精神もまた転げ落ちるように老いるのだろうか。何もかも、人知れず宵の中で進んでいくのだろうか。しかし、それでいいのかもしれない。それが人間の生きる知恵として身につけた法則なのかもしれない。

ルビーさんを見る。ルビーさんは、運転席の座席に隠れて後頭部だけが見える。ルビーさんに何を聞こうとしたのだろうか。一瞬、思い出せない。ワゴン車の窓ガラスは、日除けのために黒いフイルターが貼ってある。ワゴン車では、いつでもぼーっとした奇妙な人工的な暗がりの中にいるようだった。

8

シルクロードの旅をしたのは、今から十余年も前の一九八三年の夏である。少人数の旅行団の中に、私も加わった。私は、天山山脈を見たいと思った。NHKのテレビ番組で放送される「シルクロード」の映像を見て、中国という国に心を動かされた。天山山脈には「神」がいると思った。その神に会いたかった。

北京に立ち、西安を経由してシルクロードへ向かった。北京では、天安門広場や八達嶺の万里の長城、西安では兵馬俑抗《ようこう》などを見学した。シルクロードへ入る前に、すでに悠久な時間の流れや文化の尺度の大きさに度胆を抜かれていた。人間の欲望や権力の壮大さと卑小さ、あるいは自然の雄大さに少なからずショックを受けていたが、シルクロードに入るとますますその感を強くした。

敦煌《とんこう》、トルファン、ウルムチを巡りながら、その先々で見た歴史や文化や自然、あるいはその地に生きている人々の暮らしや、ものの考え方は、どれもこれも衝撃的で、私は錯乱するばかりだった。

私の三十有余年の人生の中で、もし人間や歴史を見る座標軸というものがあるとすれば、営々として築き上げてきたその座標軸が大きく音立てて揺らいだと喩えていい。人間の極限の行為に震撼し、自然の測り知れない雄大さに、私の座標軸は打ち砕かれたのだ。シルクロードでは、樹のない山が山であり、百年の時間が平気で日常生活の尺度になっていた。権力や宗教の嵐に飲まれながらも、人は厳しい自然の中を生き続けているのだ。それに比べると、私たちの身の回りにある厳しさなど卑小な悩みであった。誤解を恐れずに言えば、私の周りで起こる他者との関係性の中での軋轢《あつれき》など、取るに足りないことであったと言い換えてもいい。

しかし、私の感慨は、人間の存在が大自然や歴史の大きな流れに翻弄されて生きる卑小な存在であると思えば思うほどに、同時に人間の存在が愛おしくも思えてきた。トルファンの近くにあるアスターナ古墓区を訪れた時、すでに私は漠然とこのことを了解していたように思う。

アスターナの地では、墓は砂漠の風を避けるように地下に掘って作られていた。地上には盛土があってわずかにそれと認められるだけで、十数段の階段を降りて玄関のような扉を開けると、立ったままで歩けるほどの丸く広いドーム型の地下空間が目の前に現れた。それが墓室だ。壁には、鳥獣や植物などが極彩色豊かに描かれ、その絵に見守られるようにミイラが横たわっていた。壁の植物や動物たちは、死者たちが好きだった生き物の絵だという。この空間には、死という暗いイメージは全くなく、もう一つの生活空間のように思われた。

手をつなぐようにして永遠の眠りについている一対のミイラの前で、私は思わず立ち竦んだ。この夫婦のミイラを見た時、生きることにこだわり続けている私の姿勢がつまらないものに思われたのだ。あるいは、死がなおも「生」を生き続けることの連続であることが分かったのだ。生と死には境界がないように思えたのだ。同時に、私自身にしか関心のない私の生きかたが、ひどく惨めに思えた。死を切り札のように考えている私の姿勢がいかにも貧しかった。生も死も取り払った雄大な視点で人生を考え続けること、それは私の肩肱張った生きかたを反省させるものであった。当然、それは家族を含め、多くの他者との関係の在り方にも大きな影響を与える視点であった。私は、父の死の時に感じたように、はじめて他者を発見し私自身とすることができたのだ。

パラオの人々の生活を見たときも、同じような感慨をもった。戦後五〇年という時間が経過しているにも関わらず、止まったように思われる時間の中での人々の生活は、私に再び幸せとは何か、文化とは何か、人間とは何かという根源的な問いを突きつけた。

ただ、パラオの地では、シルクロードで感じた人間の有する権力の傲慢さや歴史を動かす力の大きさを感ずることはなかった。むしろ人間も自然と一体化してゆったりと生きているように思われた。人間は自然と同じように動き、自然と同じでないようには動かない。人間は、風を受け光を浴びている一本の草木のように生きている。己の庭で生きている。これでいいのではないかと思われたのだ。

私が、もしそのように生きることができたのならば、あるいは母の老いは、今のようには訪れなかったかもしれない。私が私自身にのみ関心を払わずに、父を喪った母とゆったりと生活をしていたのなら、母には別な老いが訪れたかもしれない。苦い後悔が脳裏を巡る。

しかし、私にも私の人生がある。私の庭があり、私の夢がある。私は、母の息子であると同時に二人の娘の父親であり夫でもある。そして何よりも私自身である。その齟齬をどのように埋めるか。あるいは、パラオの風景に私は夢を見ているのかもしれない。パラオにもまた厳しい現実があるはずだ。あるいは、シルクロードにもあるその現実を、若い私は見落としたのかもしれない……。

9

パラオの夜の闇は、すぐに訪れる。マリーナホテルの庭に植えられた椰子《やし》の葉が、さわさわと音立てて揺れている。葉影は闇に溶けて輪郭は定かでない。

数匹の犬の鳴き声で目が醒め、ベッドを抜け出して夜風が吹き渡る廊下へ出たが、すでに犬の姿はなく、鳴き声もぴたりとやんでいた。あるいは、犬が吠えていたのは裏庭のほうであったのかもしれない。昨夜も犬の鳴き声が聞こえたのだが、特に確かめる必要はなかった。廊下の手すりに肱を乗せながら、ぼんやりと暗い闇を見続ける。

　夜の十時を少し過ぎたばかりだが、ホテルへの人々の出入りは全くない。入り江になった正面の海上から吹き渡ってくる風はやはり頬に冷たい。

　五〇年前、この夜の闇を必死に目を凝らしていた兵士たちがこの地にいたのだと思うと奇妙な感慨を覚える。その一人が私の父である。父が、この闇の中で命を喪っていたら、もちろん私は生まれていなかった。すべてを運命という言葉で片付けるには、あまりにも重たい偶然が重なったような気がする。残酷なことのようにも思われる。私の人生は、すでに仕組まれているのだろうか。足を小刻みに動かしながら身震いをして部屋に戻る。

　やはり、兄を起こすのはやめようと思う。兄はベッドの上で熟睡していた。少し横になってから階下のレストランで、弟たちと一緒にビールでも飲もうかと話し合っていたが、疲れ切って眠っている。私も、つい先ほどまでは、ぐっすりと眠りに陥っていた。だれにとっても、今日一日は感慨深い日であったはずだ。特に自らが生まれた土地と住居跡を目の前にした兄にとっては、なおさらのことであろう。もちろん、同行してきた叔母や従姉たちにとっても同じであるはずだ。

　叔母は、母の末妹である。母は八人兄弟姉妹の三女であるが、母親が早く亡くなったので、叔母がまだ小学生のころには、結婚した母が叔母を引き取り、しばらくの間は母親代わりをして一緒に生活をしたという。叔母もまた、母の老いに心を痛めている一人だった。

叔母は、出発前の那覇空港からすでに母の後ろで涙ばかりぬぐっていた。待合室での小時間で、思い出の地パラオに出発することにさえ感慨を覚えぬ母の姿に、すべてを理解したのだろう。実際、叔母に乞われて母の様子をぼそぼそと話す私たちに、いつも叔母は母親に対する私たちの対応の不手際を責めていた。そして、母の老いを容易には信じなかった。今、理解し難い母の言動や表情を見て、万感胸に迫るものがあるのだろう。よもや、という私たちの期待をも叔母は充分に理解していた。母の背後で涙をふいて顔を上げては、また傍らに寄り添い、母の白髪を優しく撫でていた。叔母もまた長年勤めた教職での定年退職を済ませ、老いを迎えつつあった。

従姉もまた、自らに降り掛かる不遇な人生を顔色を変えずに強い意志力で送り続けている人であった。将来を嘱望された最愛の弟を、三年前に白血病であっという間に喪った。さらにその数年前には、不慮の事故で十年近くも寝たきりで植物人間のままであった下の弟を喪っていた。上の弟は、大蔵省に勤める高級官僚であったが、地元のR銀行に熱心に誘われて、意を決して郷里に戻ってきたが数年しか経っていなかった。下の弟は国費留学で九州大学で学んだが、事故当時は地元の大学の教授であった。昨年は養母を亡くし、その数年前には、私の父の兄にあたる実父を喪っていた。数年間に、次々と従姉の肉親がこの世を去っていったのだ。

従姉は、理由があって一人暮らしを続けていたが、その度に病院での看護や法事の取り計らいを一身に引き受けていた。なかでも下の弟の長期に渡る闘病生活には、呼べども応えぬ弟のわずかな反応に喜びを見いだし、献身的な看護を続けた。弟の入院生活と軌を一にして、意を決して長年勤めた京都での教員生活に終止符を打って郷里に帰っていた。私たちもまた、二人の従兄の死を無念の思いで耐えていたが、従姉は私たち兄弟に、二人の弟の面影を映しているようにも思われた。

父方の親戚縁者には、父を始め病で斃れる者が多かった。父の四人の兄弟家族には、どの家族にも癌に罹病して無念の思いで亡くなった者が出ていた。従兄が白血病で逝去した時、次はいよいよ私たち兄弟姉妹のだれかの番になるのではないかと、互いに顔を見合わせた。あるいは、本当にそのだれかが、私たちの中から出るかもしれなかった。従兄の死からすでに三年経過していた……。

二人の弟は、寝床を離れて私たちを誘いに来る様子はなかった。きっともう二人とも眠りに陥っているのだろう。弟たちも、それぞれに所帯を持ち、独立して己の道を歩み、社会的にも信用ある地位に就いている。とはいえ、私にとっては、やはり弟のままだ。泣き、笑い、からかい、可愛がった弟たちのままだ。あるいは、母にとっても、私たちは幼い息子のままなのかもしれない。私たちのそれぞれの家族や、私たちの夢は、母の眼中にはないのかもしれない。

母にとって、私たちは母の庭に育った一本の樹なのだろう。母の夢は、きっとなんでもない平凡なことに違いない。私たちが母の庭で生き、育つことが、母の夢を叶えてやることなのだ。あるいは、私たちにとっても、それがまた私たちの子どもに向かう偽らざる気持ちのような気もする。それぞれが、それぞれの死を迎えるまで精一杯、自らの庭で子を愛し、人を愛し、たとえ貧しい一坪の庭であっても夢を託するのだ。

しかし、母の息子である私たちもまた、私たちの庭を持っている。夢を耕し、私たちの花を植えて育てたい。母がそうしたようにだ。そして、やがては、私たちもまた一本の樹や草のように、朽ちていくのだ。

10

朝のパラオの海は、まばゆいばかりに輝いて深く静かに横たわっていた。青い墨《すみ》を流した草原のような海が目前に広がっているようにも見える。それぱかりではない。朝の新鮮な空気は、手で掴めるほど身近に感じられ頬を撫でる。精一杯空気を吸い込むと、身体の奥から手指の先まで新鮮な空気が流れていくように感じられる。

岸壁につないだ一人乗りの小さなゴムボートに、初老の西欧人が一人乗り込んで取り付けたエンジンを点検している。海面を他のボートが走っていく度に、小さな波紋ができてゴムボートを揺らす。ボートの外に身を乗り出すようにしてエンジンを覗き込んでいる大きな身体は、今にも海に落ちそうだ。ボートの中に荷物はほとんど見当たらない。釣りに行くには、竿も必要なはずだが手ぶらである。これから、どこへ行こうとしているのだろうか。

かつて、この国を成り立たせている小さな島々の一つ一つで、日本兵の玉砕の悲劇が繰り広げられた。ペリリュー島で、アンガウル島で、コロール島で、そしてパラオ共和国で最も大きなバベルダオブ島でも……。

どうしたのだろう。私の思考は、ことごとく今と五〇年前とをつなぎ合せ、今と五〇年後とをつなぎ合わせていく。かつて、この島に戦争があったことなど考えずに島を考えることができるはずなのに枷《かせ》が外れない。五〇年前のこの島に父が住んでいたこと、この島に日本軍が駐屯していたことが脳裏に刻まれている。五〇年後のこの島に軍隊が駐屯することなく、将来に高層ビルが建ち並ぶことなど有り得ないと言い切れるだろうか、と考えている。

私は、どうやらパラオのことではなく、私自身のことを考え始めているようだ。家族への土産物のことを気にし、娘たちといつの日にかこの島に来ることができるだろうかと考えている。その時にはパラオはどう変わっているのだろうかと考えている。そういう機会が作れるとすれば、私がどうなっている時だろうかと考えている……。

出発すると思っていたボート上の西欧人が、点検の終わったエンジンにカバーを被せ、石の塀をよじ登って陸に上がってきた。苦笑がこぼれる。私は、勝手に出発すると思い込んでしまっていたのだが戻ってきたのだ。この単純な思考の回路が恥ずかしくなり、照れを隠すようにして二、三度、手の平で頬を叩く。私たちにこそ、パラオを出発する朝がやって来ていたのだ。

レストランでの朝食は、すでに始まっていた。母や姉や叔母が、窓際の席に座っている。入ってきた私に手を上げて合図をする。私も手を上げて応え、急いでバイキングスタイルになっている大きな鍋や皿から、トーストやハムやスクランブルエッグを小皿に取り入れて傍らへ行く。すぐに、兄や弟たちもやって来て、私たちの隣に腰掛ける。

母は、食事の間中、いつものことだが盛んに自分の皿から私の皿へ食べ物を分け与える。何度、断っても駄目だ。断り続けると不機嫌になる。私たちにだって、母が噛み切ったものや、食べ残したものを与えられると不愉快だ。母の愛情だといってしまえばそれまでだが、その押し付けがましい愛情を疎《うと》ましく感じることが何度もある。諦めて皿を差し出し、母の皿から分け入れてもらう。それを、母に気づかれぬように皿の傍らにそーっと寄せる。

母は老いた。私たちもまた歳をとった。あるいは、私たちの母へ対する思いは、母の私たちに対する思いほどには強くないかもしれない。

食事をして、部屋に戻り手荷物を持って再びフロントに降りてルビーさんを待つ。ちょうど約束の時間にルビーさんがやって来た。ルビーさんのワゴン車に乗って飛行場へ向かう。

沿道には、プルメリアの樹が椰子と同じぐらい多いのに気づく。枝先に淡いピンクの花を付けている。プルメリアの樹が、街路樹に使われるほどに大きくなるとは思わなかった。私がこれまでに見たプルメリアは、鉢植えか、せいぜい庭先に植えるほどの大きさである。私の庭にも、プルメリアの樹が一本植えてあることを思い出した。突然、同時に思ってもみなかった想念が浮かび上がってきた。

私の庭のプルメリアは、父の庭から移し植えたものだ。父がマッコウなどの盆栽と一緒に大切にしていたものだが、父の死後、一人住まいの母を兄が引き取るために、父の庭や家を売却する際に、私の庭に移し植えたものだ。突然浮かんできた想念とは、父が庭のプルメリアに、パラオの思い出を託して大切に育てていたのではないかということだ。そうであれば、私の庭にあるプルメリアは大きな意味を持つ。そして、父のパラオに対する思いも特別なものであったことが分かるのだ。

このことに気づいて、私は父の思いを、皆に話そうかと勇み立った。が、すぐに私はその思いを私自身の胸に畳み込んだ。皆もまた、私と同じように、パラオでの三日間の感慨を反芻しているように思われたからだ。それぞれが、それぞれの庭に、プルメリアの樹を植えようとしているように思われたからだ。あるいは、いよいよパラオを離れるという寂しさに、皆、無言のままで窓の外を見遣っていたからだ。しばらくは、そのままにしていた方がよいと思われた。私と同じように、あるいは新しい発見を手に入れて感慨に浸っているのかもしれない。プルメリアのことは、いずれゆっくり話せばよいと思い、私も再び窓の外を見た。

空港に着いて搭乗手続きを済ませ、いよいよパラオを離れるという時、感極まった長姉が別れを惜しんでルビーさんに抱きついた。すっかり親しくなっていたルビーさんも、同じように長姉に抱きついた。長姉は涙を流している。私たちが抱き合っている二人を姉妹のようだと冷やかすと、長姉は大声で笑いながら涙で顔をくしゃくしゃにした。格別な思いがあるのだろう。

二人を見ながら、取り囲んだ私たちのだれからともなく言葉が出る。

「アイミリーキ村へ行けなかったのは、もう一度私たち家族皆で訪ねてきなさいということなんだよね」

皆でうなずきながら長姉を慰め、ルビーさんにもこのことを告げる。ルビーさんが、にこにこと笑いながら、うなずいている。そのルビーさんと姉を取り囲むようにして、皆で記念撮影をする。それから改札口に向かい、大きく手を振ってルビーさんに別れを告げる。

飛行場には、強い風が吹き渡っていた。振り返ると入国する時には気づかなかったパラオの国旗が、建物の中央にあるメーンポールで勇ましくはためいていた。国旗は、青色の下地に白い月のマークが描いてある。どのような意味がこの国旗には託されているのだろうか。月は、自ら輝くことなく太陽の光を浴びて輝くのだが、すべてを受け入れるということなのだろうか……。勝手なことを想像しながら、タラップを登り座席に着いてシートベルトを締める。

父はパラオを引き揚げて沖縄久場崎に上陸する際、パラオのことを振り返って次のように記している。

思い出の国、常夏のコロール島を出発した引き揚げ船は途中グァム島に寄り、一路北進沖縄島に向かいつつあった。静かに目を閉じると忘れることのできないことが次々に浮かんでくる。ことに女子は編み物が得意であり、男子は椰子細工の技能が優れていた。この技術を産業の上に役立たせ、彼らの経済生活に活用し得ないものか。あの美しい珊瑚の海、椰子の緑、数多の植物、南十字星、林間から漏れる島民のコーラス等、まったく平和で詩的で魅力ある島であった。また、南国の香り豊かな果物の味も格別であり、海の幸、なかでも鰹《かつお》、イカ、エビ、カニ等の刺身は懐かしい思い出の味覚である。美しい常夏の国パラオでの生活は短かったが、尽きぬ思い出は多い。

私たちを乗せた飛行機は滑走を始めて一気に速度を増し地を蹴って飛び上がった。父の船路の旅が、半世紀を経て私たちの空路の旅に変わる。ルビーさんの住所を聞いておくべきだったかと苦い後悔が頭をよぎる。

眼下に見えるマングローブの林がだんだんと小さくなっていく。その間を赤い帯のような川がいくつも流れている。海岸沿いの白い砂浜の周辺には椰子が高く聳え立ち、人家がまばらに見える。

機体が、グラッと大きく傾いて旋回する。通路を挟んで隣り座席の母を見る。母は、膝の上に置いたハンドバックをしきりに覗き込んでいる。私に気づくと、にこっと微笑んでハンドバックに手をいれて何かを探し始めた。何かを言っているが聞き取れない。私は眼下の島を指さし、窓の外を見るようにと大きく手で合図をする。

「パラオが小さくなっていくよ、母さん。さよならだよ」

母は、そんな私を無視して、再びごそごそとハンドバックに手を入れた。私は背伸びをして母を見る。官舎跡で、母の肩に手を置いても言えなかった言葉が、今、脈絡をもって立ち上がってくる。熱い思いが喉の奥まで込み上げてくる。私の母だ。

母が、顔を上げ、にっと笑って私を見た。ティッシュに包んだお菓子を握って、得意そうに私の面前に差し出した。

「しっかりしなさいよ」

母の声が聞こえてくるようだった。

終章　娘への手紙

いのち

引き継がれていくもの
父や母から私へ
私から子や孫へ
このかけがえのないいのちが
限りなく尊いものに思われる。
父や母との日々
娘たちとの日々を思い浮かべると
だれもが生き続けることができる。

そんな気がする
にんげんの弱いいのちを
愛おしみながら。

名前

娘たちよ
お前たちが授かってから、
一番最初にやって来た父さんと母さんの試練は、
お前たちに名前を付けてやることだった。
思いのありったけを込めたいのに、
お前たちの幸せが、
お前たちに付けられた名前で左右されるような不安に駆られて、

何度も何度も考えたものだ。
しかし、お前たちの寝顔を見て、人はそのようにして親になり、
いのちをつないでいくことが分かったとき、
父さんは
生きることの一番大切なことを学んだような気がしたよ。

多くの顔

お前たちを取り巻いているものには、
いつでも多くの顔があることを覚えておくとよい。
怒ったり、笑ったり、泣いたり、悔しがったりするたくさんの顔だ。
思いだしてごらん。
ほら、先生にも、お友達のコウスケくんにも、父さんや母さんにも、

怒ったり笑ったりする顔があるはずだ。
樹や石ころやカタツムリさんやお花さんにも
そしてお前たち自身にも、
多くの顔があることに気づくはずだ。
このことを知っておくことは、
とっても大切なことなんだよ。

悲しみ

悲しみに出会ったら　たじろがないこと。
きいっとにらみつけた後で、大きな声で泣くこと。
悲しむこともまた、人間にとって大切なことだよ。

怒り

時には怒ることも必要だが、
自分に怒ってはいけない。
他人に向けてもいけない。
傍らに、もしくは遠くに、
必ずやひそんでいる真の敵がいることを、
忘れてはいけない。
もちろん敵を発見したら、
怒りに躊躇することはない。

勇気

断る勇気、逃げる勇気、生き続ける勇気、躊躇する勇気。
愛するにも勇気がいる。
生活するにも勇気がいる。
しかし、どんな勇気にも、
予行がないのだ。
娘たちよ、勇気を自分のものにするためには、
幾つかの過ちが必要だが、
一つひとつの過ちを怖れすぎてもいけないし、
侮ってもいけないよ。

さようなら

父さんは、「さようなら」が言えなかったばっかりに、
たくさんの人を悲しませたことがある。
大切な人を失いそうになったことがある。
父さんは、たくさんの辛い体験の中で、
「さようなら」の持つ意味を理解した。
「さようなら」を言わなければいけない人生の法則をも理解した。
優しさも、潔さも学んだ。
でも、気になることが一つある。
いつか父さんにも必ず死がやって来る。
その時、お前たちに向かって、
父さんは「さようなら」を言えるだろうか。

父さんが、みずからの生の瀬戸際で学んだ「さようならの哲学」が、
死の瀬戸際でも実行できるだろうか。
娘たちよ、その時は父さんの力のない唇をじっと見つめて欲しい。
矛盾に満ちた父さんの人生の最後の舞台だ。
父さんの言葉は、すべてお前たちのものである。

旅

お前たちにもきっと旅に憧れる時が来る。
その時はリュックいっぱいの荷物を持って行け。
食料、衣服、書物、地図、ノート、薬品……、
どんどん詰めろ、そして声かけて背負え。
生きるために何を担がねばならないか。

このことを知ることは、
旅先で学ぶたくさんのことと同じぐらい大切なことだ。
軽装なんかするな。
リュックを背負え。

雨

娘たちよ
雨の降る日には、じっと雨を眺めてごらん。
すると、やがて自分の心の中でも雨が降っていることが分かるよ。
しとしと、しとしとと、雨の音が聞こえてくるよ。
そうなんだ。
私たちは皆、自分の心の中に、

雨を降らせているんだ。
そして、大切な傘を
一本、持っているんだよ。

鏡

窓ガラスの向こう側に黒い紙を貼り付けるとこちら側が映るでしょう。
黒い紙を取り除くと向こう側が見えるよね。
分かるかい。
外の景色も自分の姿も、自分の方法で見つけるんだよ。
〈鏡〉はみずからの手で作るんだ。
もちろん、見ないこともできるし、見られないようにすることだってできるさ。
でもね、鏡を見ることは人生を豊かにすることにつながるんだ。

そして魔法の遊びさえできるよ。
「鏡よ鏡、世界で一番美しいものは何だ」ってね。

愛情

たくさんの愛をもつこと。
たくさんの愛の形を知ること。
たくさんの人々の愛を理解すること。
愛することも、学ぶことが必要だ。
自分の愛情に不安をもってはいけない。
ましてや他人の愛情に冷淡になってはいけない。
そして忘れてはいけない。
もっとも大切な愛は自分を愛することだ。

愛あるところにこそ多くの喜びや幸せがある。
忘れてはいけない。
憎しみや悲しみの傍らにも必ずや愛があることを。

最も大切なこと

生きていくうえで、最も大切なこと
それは他人の弱さや痛みを理解できる人間になることだ。
この場所から他人と自分の人生を考えることができるようになることだ。
最も恥ずべきことは、他人の弱さや痛みに気づかぬこと、
他人を差別し卑下することだ。
父さんの人生は、このことに自覚的であろうとした自分の弱さとの闘いであった。
願わくは、父さんの闘いがお前たちにも引き継がれていくことを。

父さんは、もう己の〈人生〉にはこだわらない。

庭

お前たちも、お前たちの庭を作れ。
大きくなくてもいい。
一粒の種を蒔き、一本の苗を植え、
自らが水をやる庭だ。
一枚の葉が二枚になり、
二枚が三枚になり
やがてそれぞれの衣装を纏って
風を受け、光を浴びる。
一本の樹が育つだけの小さな庭でいい。

そして、凛として生きよ。
自らの庭で。

準備は整った

準備は整った。
いつ漕ぎ出してもいい。
お前たちに見送られて、お前たちの父さんとして生きてきたことが、
こんなにも幸せであったと分かった日、
父さんは不覚にも涙をこぼしたのだ。
大翔くんや蘭ちゃんに、じいじ、じいじと呼ばれる日、
やっと大人になったのだ。
お前たちにも、お前たちの青春と別れる日がきっと来る。

そのときは父さんの笑顔を思い出して欲しい。
あの空でお前たちを迎えるその日まで、
父さんはきっと幸せであり続けるはずだ。
その日が来たら、父さんは小さくつぶやくよ。
グッドバイだ。

〈了〉

◇注記

1　序章と終章の詩編は、詩集『グッドバイ・詩』（一九九四年刊）から一部加筆修正して転載した。

2　本文中に引用した父の文章は私（と母）が編集した『夫の歩んだ道』（一九八三年十二月二十五日、私家版）からのものである。

大城貞俊

（おおしろ さだとし）

一九四九年沖縄県大宜味村に生まれる。元琉球大学教育学部教授。詩人、作家。県立高校や県立教育センター、県立学校教育課、昭和薬科大学附属中高等学校勤務を経て二〇〇九年琉球大学教育学部に採用。二〇一四年琉球大学教育学部教授で定年退職。

主な受賞歴

沖縄タイムス芸術選賞文学部門（評論）奨励賞、具志川市文学賞、沖縄市戯曲大賞、九州芸術祭文学賞佳作、文の京文芸賞最優秀賞、山之口貘賞、沖縄タイムス芸術選賞文学部門（小説）大賞、やまなし文学賞佳作、さきがけ文学賞最高賞などがある。

主な出版歴

詩集『夢（ゆめ）・夢夢（ぼうぼう）街道』（編集工房・貘）一九八九年／評論『沖縄戦後詩人論』（編集工房・貘）一九八九年／評論『沖縄戦後詩史』（編集工房・貘）一九八九年／小説『椎の川』（朝日新聞社）一九〇三年／評論『憂鬱なる系譜―「沖縄戦後詩史」増補』（ZO企画）一九九四年／詩集『或いは取るに足りない小さな物語』（なんよう文庫）二〇〇四年／小説『記憶から記憶へ』（文芸社）二〇〇五年／小説『アトムたちの空』（講談社）二〇〇〇年／小説『運転代行人』（新風舎）二〇〇六年／小説『G米軍野戦病院跡辺り』（人文書館）二〇〇八年／小説『ウマーク日記』（琉球新報社）二〇一一年／大城貞俊作品集〈上〉『島影』（人文書館）二〇一三年／大城貞俊作品集〈下〉『樹響』（人文書館）二〇一四年／『「沖縄文学」への招待』琉球大学ブックレット（琉球大学）二〇一五年／『奪われた物語―大兼久の戦争犠牲者たち』（沖縄タイムス社）二〇一六年／小説『一九四五年 チムグリサ沖縄』（秋田魁新報社）二〇一七年／小説『カミちゃん、起きなさい！生きるんだよ』（インパクト出版会）二〇一八年／小説『六月二十三日 アイエナー沖縄』（インパクト出版会）二〇一八年／『椎の川』コールサック小説文庫（コールサック社）二〇一八年／評論『抗いと創造―沖縄文学の内部風景』（コールサック社）二〇一九年／小説『海の太陽』（インパクト出版会）二〇一九年／小説『沖縄の祈り』（インパクト出版会）二〇二〇年／評論集『多様性と再生力―沖縄戦後小説の現在と可能性』（コールサック社）二〇二一年／小説『風の声・土地の記憶』（インパクト出版会）二〇二一年／小説『この村で』（インパクト出版会）二〇二二年／小説『蛍の川』（インパクト出版会）二〇二二年。

父の庭

二〇二三年二月二〇日　第一刷発行

著者……大城貞俊

企画編集……なんよう文庫

〒九〇一－〇四〇五　八重瀬町後原三五七－九
Email:folkswind@yahoo.co.jp

発行人……川満昭広

発行……インパクト出版会

〒一一三－〇〇三三　東京都文京区本郷二－五－一一服部ビル二階
電話〇三－三八一八－七五七六　ファクシミリ〇三－三八一八－八六七六
Email:impact@jca.apc.org
郵便振替〇〇一一〇・九・八三一四八

装幀……宗利淳一

印刷……モリモト印刷株式会社

沖縄の祈り

大城貞俊 著　四六判並製 294 頁　1800 円＋税
20 年 4 月刊　ISBN 978-4-7554-3004-6

沖縄、抗う心の記録を創作！　沖縄戦から戦後へ、生き継がれた命のことばが、いま沖縄の闘いの現場にある。そこに生きる人たちと、たたかいから学ぶ青春小説。

この村で

大城貞俊　著　四六判並製 334 頁　2000 円＋税
22 年 3 月刊　ISBN 978-4-7554-0318-7

世界自然遺産に登録された沖縄「やんばる」では、小さな集落が海岸沿いのわずかな平地で人々が住んできた。独特な歴史文化・民間信仰が息づく「やんばる」。そこに生きてきた人々を、やんばる出身の著者が描き出した７作品（「ふるさと」「納骨隊」「プウヌ岬」「タンガマ」「ハニク川」「北霊之塔」「この村で」）を収録。

蛍の川

大城貞俊　著　四六判上製 200 頁　2000 円＋税
22 年 3 月刊　ISBN 978-4-7554-0317-0

「椎の川」の続編。ハンセン病と戦争の痛みを抱えた花雲ヌ物語。「私はお母に似ていると思った。目の大きさ、あごの輪郭、耳の形、何もかも似ていて欲しかった。曲がった指も似ていていい……。」（本文より）

沖縄を求めて 沖縄を生きる
大城立裕追悼論集

又吉栄喜・山里勝己・大城貞俊・崎浜慎 編　四六判並製 386 頁
2500 円＋税　22 年 5 月刊　ISBN 978-4-7554-0316-3

沖縄初の芥川賞作家で長年、沖縄文学をけん引し、沖縄とは何かを問い続け戦後史を体現した大城立裕。大城立裕が残したもの、愛したものがなんであったのか。国内外の多彩な執筆陣による書き下ろし。

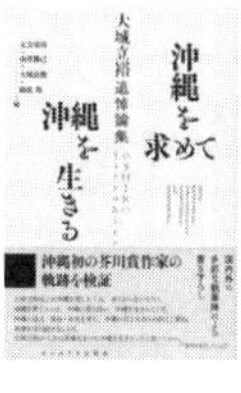